MADELAINE AVANT L'AUBE

Sandrine Collette est née en 1970. Elle partage son temps entre l'écriture et ses chevaux dans le Morvan. Elle est l'auteure de : *Des nœuds d'acier*, Grand Prix de littérature policière 2013 et best-seller dès sa sortie, *Un vent de cendres*, *Six fourmis blanches*, *Il reste la poussière*, prix Landerneau 2016, *Les Larmes noires sur la terre*, Choix des libraires du Livre de Poche 2018, *Juste après la vague*, *Animal*, *Et toujours les Forêts*, prix RTL-*Lire*, prix de la Closerie des Lilas, prix du livre France Bleu-*Page des libraires* et prix Amerigo-Vespucci 2020, *Ces orages-là*, *On était des loups*, prix Renaudot des lycéens, prix Jean-Giono en 2022 et en cours d'adaptation au cinéma avec François Busnel à la réalisation. *Madelaine avant l'aube*, son dernier roman, est le lauréat du prix Goncourt des lycéens 2024, de sept choix Goncourt et du prix Goncourt des détenus.

Paru au Livre de Poche :

ANIMAL

CES ORAGES-LÀ

DES NŒUDS D'ACIER

ET TOUJOURS LES FORÊTS

IL RESTE LA POUSSIÈRE

JUSTE APRÈS LA VAGUE

LES LARMES NOIRES SUR LA TERRE

ON ÉTAIT DES LOUPS

SIX FOURMIS BLANCHES

UN VENT DE CENDRES

SANDRINE COLLETTE

Madelaine avant l'aube

ROMAN

JC LATTÈS

ISBN : 978-2-253-25197-2 – 1re publication LGF

Qui es in caelis

PROLOGUE

La terre frémit sous leur pas lourd. Ils se hâtent, de cette lenteur presque hypnotique des grands corps épuisés après une journée de labeur – interrompue bien avant l'heure, quand l'enfant est venu.

Ils vont côte à côte l'homme et le cheval, puant l'un et l'autre la sueur séchée sur leur peau rugueuse, le premier essuie la poussière qui fait du gris sur son front et l'autre secoue la tête pour se débarrasser des mouches. L'enfant marche devant, se retourne pour les attendre. Il ne dit rien mais tout dans son attitude trahit son impatience. Il aimerait qu'ils se pressent, que l'homme que l'on appelle Eugène-le-Fort soit aussi rapide que le vent. Il voudrait que le puissant cheval s'élance et se jette et les emmène sur son dos parce que là-bas, Aelis – ou est-ce Ambre ? il ne sait pas – lui a répété d'une voix de terre : *Va vite. Dis-lui que c'est grave*.

Et l'enfant a couru à s'en déchirer la poitrine. Au bord du fleuve, il a hélé la passeuse avec des cris qui ressemblaient à des rugissements, il a trépigné sur le bac – couru encore, tout juste le pied posé sur la rive. Il a traversé les bois, croisé quelques hommes voûtés par-dessus les champs qui lui ont montré une direction d'un bras las, il a cherché au bord des forêts sombres la silhouette de l'imposant cheval doré, ne s'est arrêté qu'à ses pieds. Là il a délivré son message d'urgence et Eugène aussitôt s'est empressé de défaire les traits de la bête, abandonnant le tronc qu'ils débardaient au milieu d'une clairière. L'enfant alors a pensé qu'ils rentreraient comme avait dit la maîtresse de maison – vite, très vite. Pourtant les deux êtres qui le suivent avancent à pas pesants, de longues enjambées engourdies et interminables, le poids de la journée ne leur permet pas mieux, à l'homme et au cheval, c'est ainsi. Eugène en son cœur hurle cependant qu'il arrive, hurle qu'on l'attende.

Il ignore pourquoi l'enfant est venu, qui n'a rien expliqué, seulement qu'Aelis – ou est-ce Ambre ? – l'a envoyé en pleurant, d'un ordre impérieux, va vite le malheur est tombé sur nous. Et lui Eugène, à pas grands et lents calés sur ceux du cheval, avance vers ce malheur. Son premier réflexe a été de saisir l'enfant à l'épaule en tremblant. *Mes fils ?* L'enfant l'a regardé sans comprendre et Eugène s'est repris, ses fils à cette heure travaillent aux champs, sur les terres qu'ils ont en fermage – ses fils ne sont pas à la maison.

Sur la rive du fleuve l'Ancienne les guette, l'enfant a prévenu qu'il reviendrait bientôt. Elle a placé la barge à l'endroit où le cheval peut embarquer. Jéricho pèse huit cents kilos et l'embarcation bouge lorsqu'il s'engage sans hésiter ; l'Ancienne a beau le faire passer chaque matin et chaque soir de la moitié de l'année depuis huit ans, elle dit une fois encore en se tournant vers Eugène : garde-le immobile.

Eugène ne répond pas, ne répond jamais. Les mots de l'Ancienne ne sont que routine. Une main sur l'encolure du cheval il observe la vieille qui remonte la traille poignée par poignée, tous les nerfs bleuissant son visage et ses bras maigres sous l'effort, et il pense aussi, comme chaque matin et chaque soir de la moitié de l'année depuis huit ans, que c'est de la folie de laisser le bac à cette femme-là. Qu'elle n'a plus l'âge. Sur ce point tout le monde chuchote. Tout le monde s'accorde à dire que le câble retiendra le bac quoi qu'il arrive mais elle, l'Ancienne, finira par crever à tirer comme ça sur ses muscles, avec les veines qui dessinent des sentiers sinueux et gonflés à ses tempes grises et les rauquements qu'elle arrache à ses brassées gagnées une à une, les paumes brûlées par la corde. Tout le monde en parle et personne ne bouge, ce sera ainsi tant qu'il n'y aura pas d'accident. Cela les arrange que la vieille s'occupe du bac puisqu'il n'y a plus de pont. Le pont, Eugène s'en souvient. Il a été détruit quand il avait dix ou douze ans et c'est une volonté des habitants de La Foye de ne pas le rebâtir. Les raisons lui échappent : c'est comme ça c'est tout – comme ça et puis être à l'abri du monde.

Mais que c'est long, rumine-t-il avec les mains qui se serrent pour ne pas saisir le câble à la place de l'Ancienne. Un si petit fleuve.

Alors il ferme les yeux et, comme il a l'habitude, il tente de trouver le repos pendant les quelques minutes de la traversée. Le poids de la journée écrase son dos. Trop de fatigue, mais c'est normal. C'est tout le temps. Tous les jours. La fatigue est la vie. Et il se dit qu'il ne la sent plus, il l'a faite sienne, dans ce corps immense que les autres croient à l'abri de la misère et des trébuchements. Eugène se tient au milieu du bac, les traits creux épuisés, les épaules tendues, les mains larges comme des pattes d'ours capables d'empoigner n'importe quel outil ou n'importe quel travail. Jambes un peu écartées pour ne pas tituber, ne pas inquiéter Jéricho campé à côté de lui. Il est seul sur la toue. Il est toujours seul. Personne ne veut passer le Basilic. Le long fleuve vert dessous ses pieds se tortille entre les terres tel le petit serpent mortel qui lui a donné son nom. Pourtant Eugène le sait : le Basilic n'est pas un fleuve à serpents. Sa teinte presque émeraude ne vient pas des écailles des reptiles cachés par milliers dans ses trous, comme l'affirment ceux qui jouent à se faire peur. C'est la roche, et ce sont les algues d'eau douce.

Eugène ouvre les yeux. La rive approche, il l'a senti aux remous du bac. L'enfant est penché devant, prêt à bondir lorsque l'Ancienne le saisit par le bras et le culbute à l'arrière. Elle en a trop vu de ces petits noyés impatients qui glissent sous la coque et qu'on n'a pas le temps de rattraper. Elle manœuvre l'embarcation et cogne bientôt les joncs. Déjà Jéricho enjambe le plat-bord. Le monde un instant en suspens reprend sa course, Eugène pose une main sur son cœur qui bat fort. C'est impossible de voir d'ici à cause des forêts, la ferme se trouve au nord-est, à presque une lieue de là. Trop loin pour arriver vite et trop près pour se préparer à ce qu'il va découvrir. Pendant quelques secondes, il chancèle. Il faut soit courir soit s'en aller du côté opposé ; il se sent incapable de l'un comme de l'autre.

Alors il se met en route derrière l'enfant qui, le voyant sur le chemin, s'enfuit loin devant et rentre chez lui – bientôt il ne le distingue plus. Ils marchent le cheval et lui et la peur fait le vide dans sa tête. Il ne pense qu'au moment où il arrivera en haut de la montée derrière laquelle est bâtie la maison – cette montée qui a donné leur nom aux trois petites fermes posées là : les Montées –, il se demande ce qui s'est passé là-bas, et qu'il ne sait pas encore. Aelis est vivante si elle a envoyé l'enfant mais Aelis ne compte pas, ce qui compte c'est tout le reste et de cela l'enfant n'a pas parlé, muré dans un silence terrifié, de cela Eugène ne peut que trembler.

Et elle est longue cette lieue sous le soleil qui ne veut pas descendre, et elle est courte, elle est, au fond, comme Eugène l'a imaginée : une lente et terrible marche vers les ténèbres, et jusqu'au bout il espère qu'il se trompe, que l'enfant se trompe, qu'Aelis se trompe aussi, il espère que le jour n'est pas venu, le jour qu'il craint depuis l'arrivée de Madelaine. Il prie pour que ce ne soit qu'un songe ou une erreur.

Car à l'instant où Eugène se trouve suffisamment avancé pour voir sans la comprendre la scène qui se déroule là-bas, et là-bas est chez lui, à l'instant où il aperçoit les corps étranges et les chiens qui se ruent vers lui en gueulant, rendus fous par la violence et le sang, il sait que plus rien ne sera comme avant. Il sait qu'il perdra tout ce jour-là, qu'il ne lui restera que ses yeux pour pleurer, il sait que l'ordre des choses a été fracassé une fois de plus et que personne ne pourra l'effacer ni revenir en arrière, gommant en quelques instants ce qu'il a mis la moitié de sa vie à construire, et sa vie n'est plus qu'un fétu de paille. Il a le temps de contempler dans une curieuse torpeur les poussières que le vent envole et lui-même est l'une de ces poussières. Puis il entend les cris des femmes qui le voient arriver et la réalité irradie jusqu'à lui et il sent qu'à présent il faut faire vite.

UN

Je me tiens sur le pas de la porte à côté de Rose et nous sommes là à écouter les chiens qui aboient. Nous n'écoutons pas vraiment leurs cris d'ailleurs ; c'est un bruissement au-delà, au loin mais pas très loin, qui énerve les corniauds comme ça depuis des jours, quatre ou cinq, et que nous ne trouvons pas. Ce n'est pas tout le temps, par moments, au coucher du soleil, quand l'obscurité naissante trouble la vision. Il y a des ombres, des mouvements furtifs, peut-être dans notre imagination sauf que –

Les chiens gueulent.

Nous avons l'habitude d'être vigilants. Nous avons l'habitude d'écouter. Ce monde n'offre ni promesses ni certitudes, en dehors du fait que nous mourrons sans doute trop tôt, nos existences sont courtes, sauvages, éreintantes. Mais comme dit Eugène : c'est normal. C'est la vie de nos parents, et de leurs parents avant eux.

Un monde qui ne change pas.

Nous là-dedans, au bout des terres les plus lointaines, nous sommes immuables, telles les forêts anciennes qui nous entourent. Nous pourrions être les personnages des histoires que les conteurs colportent depuis toujours, à une différence près – ici, les histoires ne finissent pas bien. Les rois ne sont jamais venus enlever une de nos bergères, ou alors pour la violer, pas pour en faire une reine.

Enfin voilà nous y sommes et il y a cette chose dans l'air qui nous agace chaque soir et dont nous ne savons pas ce que c'est. Alors nous surveillons. J'ai une meilleure ouïe que Rose. Rose, elle a de l'âge. Ce n'est pas tant en nombre d'années qu'en nombre de douleurs : les secondes vont beaucoup plus vite et beaucoup plus fort que les premières. Je ne dis pas qu'elle est vieille complètement, mais elle entend moins bien qu'avant. Certains après-midi, elle ne devine plus le bruit de mes pas quand je reviens par l'arrière de la maison et que je passe le seuil en bois si usé qu'il ne craque plus. Elle me découvre au dernier instant, je m'en rends compte : son œil sursaute. Elle, impassible. Juste cet iris bleu délavé par les ans qui fait comme un claquement un éclair et puis qui retombe sous les paupières lourdes. Rose continue à couper les légumes ou à trancher le pain, j'entends son murmure : Ah c'est toi. N'importe quel autre que moi, justement, ignorerait l'infime suspension de son geste, l'hésitation quand je suis entré par cette porte toujours ouverte qui ne fait pas de bruit non plus, et que ma présence l'a prise au dépourvu. Elle se gratte l'oreille. Ces fichus bouchons de cire, marmonne-t-elle. Moi je sais que ce n'est pas la cire. C'est l'âge. On fait semblant elle et moi que rien ne s'est passé. Il ne faut pas que Rose vieillisse. Les vieux ici ne durent pas, on n'en veut pas, on ne peut pas.

Rose vit seule dans sa petite maison. À un moment elle a eu deux fils et ils sont partis. Ils ne sont pas nombreux ceux qui ont quitté le Pays Arrière mais ces deux-là ils en étaient et ils ne sont jamais revenus. Au début ils donnaient des nouvelles, des marchands qui venaient jusqu'à nous et qui récitaient un message. Les fils disaient que c'était mieux là-bas, ils ne proposaient pas qu'elle les rejoigne. Rose ça la chiffonnait un peu et puis après elle mettait cela de côté, de toute façon elle n'imaginait pas laisser son bout de pays. Petit à petit les missives ont cessé, les hommes c'est comme ça, dit-elle. Loin des yeux loin du cœur. Cela fait vingt ans qu'elle ne les a pas vus. Je trouve ça triste, surtout quand je devine quelques affaires encore pliées sur les couches et malgré les années un peu de leur odeur enfouie au cœur des tissus. Rose dit qu'il ne faut pas être chagrin, il ne faut pas user nos forces avec des questions trop grandes pour nous, des mots que je n'arrive pas à retenir. Moi je ne suis rien pour elle, rien par les liens du sang, je suis là c'est tout, elle m'a recueilli un jour que tout petit je crevais de faim sur le chemin, je suis resté. C'était il y a huit ans.

L'absence des fils s'est installée lentement, Rose a pris l'habitude, comme quand on perd un chien : les premiers jours on l'entend encore, on pense qu'il va surgir dans nos jambes avec sa bonne tête de chien et ses yeux tendus quand on prépare la gamelle. Au bout d'un certain temps, une semaine ou deux ou plus, on a arrêté de guetter les bruits de sa présence. Un peu plus tard encore on oublie qu'il y a eu un chien dans cette maison-là. Rose c'est pareil avec ses fils. Cela a pris plus de temps qu'avec une bête pourtant c'est la même chose, ils se sont floutés dans sa mémoire, elle a cessé de les attendre. Rose se met en colère si on le dit de cette façon mais : je crois que cela s'est fait en douceur. Seulement l'absence, ce n'est jamais doux. C'est juste le temps. C'est comme ça. On peut bien ne pas être d'accord, le temps mange tout, les bonnes choses et aussi les mauvaises. Il a grignoté le chagrin, grignoté les absents.

Moi je suis là et je ne partirai pas. La différence avec les fils de Rose c'est qu'eux rêvaient de voyager ; moi mon voyage, je l'ai fini ici. Quand elle est de mauvaise humeur, Rose me reproche d'être resté simplement parce qu'elle me nourrit. Il y a du vrai là-dedans. C'est un miracle de manger chaque jour et c'est aussi parce que j'aime Rose que je suis là. Et puis ce pays, âpre, rêche, il me parle, il résonne, même si au fond nous en sommes prisonniers, une langue de terre coupée des autres par le fleuve et que personne ne nous dispute. Nous n'avons pas le droit d'en sortir, il y a des règles. Nous appartenons aux Ambroisie. Avec tout cela je suis d'accord. C'est notre monde et il est sauvage, jusqu'à la lueur dans les yeux des enfants quand c'est le jour du pain et que l'odeur affolante de la mie cuite flotte au-dessus du village.

Enfin cela fait trop longtemps que les chiens aboient au moment où la nuit tombe et Rose pense que ça vient de là-haut. Chez Eugène ou chez Léon, elle ne sait pas, les fermes sont trop proches l'une de l'autre. Ce ne sont pas des aboiements méchants, on les connaît les chiens. Plutôt comme si quelque chose fouinait vers eux et que ça les excite, on n'entend pas le rauquement des fonds de gorge, quand il y a un vrai problème et que les dos se hérissent. Mais Rose ça lui fait froncer les sourcils. Elle me regarde et elle dit brusquement, étonnée, curieux comme tu es, tu n'es pas allé fureter là-bas. Je tourne la tête de l'autre côté, ça veut dire non. Je n'ai pas envie qu'elle sache que j'y suis allé et que je n'ai rien vu. Il y a juste cette odeur, seulement j'ai dû me tromper, les odeurs sont mélangées dans la grange, humain, animal, et puis le foin et la terre. Il sera toujours temps parce que je devinerai forcément ce qui se promène dans nos nuits, on ne peut pas laisser les choses arriver sans être certain de ce que c'est et s'il y a une menace. La seule sensation que j'ai pour l'instant est contradictoire : ce n'est pas dangereux mais il y a du danger. C'est inoffensif, sans quoi les aboiements des chiens seraient pleins de rage et d'alarme. Si on s'en tenait à cela, ce serait par paresse, et nous ne sommes pas paresseux. Je l'ai dit, nous sommes vigilants. Alors là-haut, il y a quelque chose et je vais le trouver.

Nous vivons au bout du monde. Le fleuve Basilic serpente sur toute la frontière de notre région, la coupant du reste de l'univers. De notre côté de la rivière, il y a quelques marais et puis en retrait, le village et derrière le village des fermes éparses comme celle de Rose, qui fait partie de cet ensemble de trois maisons qu'on appelle les Montées. Il y a des forêts et il y a des champs, et encore loin après, tout cela s'étiole et se termine par une montagne de lave presque verticale que personne ne s'est jamais aventuré à gravir.

Le Basilic, nous ne savons pas où il s'arrête. Ceux qui ont quitté le pays sont partis tout droit et aucun d'eux n'est jamais revenu pour le dire. Je ne connais personne qui ait longé la rivière jusqu'au bout. Par moments je vais m'asseoir au bord. Je regarde la couleur de l'eau et je trouve que c'est beau. Les jours de temps bleu, les grands arbres se reflètent sur sa surface et c'est une explosion de verts, de bruns et de jaunes. Mais le plus singulier de notre fleuve, plus que sa couleur et ses miroirs et les truites géantes qu'il abrite, c'est qu'il n'a pas de pont pour traverser. Voilà pourquoi le bout du monde. Autrefois il y avait un pont. Il a été détruit bien avant que j'arrive, je m'en souviens, j'ai franchi le Basilic à la nage et j'ai failli me noyer.

Il y a une passeuse cependant. On ne sait pas vraiment pourquoi elle est là hormis le fait qu'Eugène traverse avec son cheval la moitié de l'année le matin et le soir pour aller débarder de l'autre côté. Mais la passeuse est là tous les jours de l'hiver et de l'été et de l'automne et du printemps. Je peux le dire parce que j'accompagne souvent Eugène quand Rose dort encore et que je m'ennuie dans le gris de l'aube. La ferme d'Eugène est perchée plus haut que la nôtre, juste en face de celle d'Ambre et de Léon. Eugène est obligé de longer notre jardin quand il descend chercher le bac ; pendant le trajet qui nous sépare du Basilic je cours près de lui, je respire l'odeur du grand cheval doré, je regarde le paysage. Ensuite il me renvoie à Rose. Je n'ai pas le droit de passer le fleuve. Quand je rentre, Rose est levée et j'entends ses appels en remontant la côte – Bran. Bran ! Je suis là. Je file vers elle. Je fais semblant de ne pas savoir que ce nom dont elle m'a baptisé est celui de son fils cadet et que je suis une sorte de fantôme, une trace des êtres disparus.

Rose est la mémoire du village. Elle a connu tout le monde et elle se souvient de tout. Elle soignait les gens c'est pour ça qu'elle est allée dans toutes les maisons et toutes les fermes, et qu'elle me raconte les histoires des habitants les soirs de pluie. Moi je n'ai pas sa mémoire mais j'ai l'instinct. Je ne sais pas comment l'expliquer : je sens tout. Ce qu'on ne dit pas, ce qu'on ne montre pas. Ce n'est pas seulement que je suis un fouille-merde – c'est Léon qui m'appelle le fouille-merde quand je traîne trop près de chez lui –, j'ai ça en moi. Je n'ai pas non plus les mots pour le dire alors ce n'est pas bien grave mais voilà je sais tout. J'observe et je perçois. Je devine. Je comprends. C'est ma force. Et puis je n'ai l'air de rien, rien de particulier je veux dire. Moyen en tout, en taille, en force, en intelligence ou en méchanceté. C'est pour cela que je peux me promener partout sans que les villageois me chassent, ils me regardent de loin, ils ne disent rien, ils m'oublient. Rose me défend aussi. Au début on me parlait mal, on m'a même donné des coups de pied. Alors Rose a gueulé un coup et ça s'est arrêté. À présent, je fais partie du paysage, ce paysage de grands bois et de champs de terre grasse, et je me sens chez moi bien que je sois arrivé d'au-delà des forêts et que pour tous je reste un étranger.

Chaque matin j'ouvre les yeux sur le Pays Arrière et je contemple les arbres immenses d'un vert profond plus profond que le fleuve, avec les fleurs sauvages blanches bleues mauves qui poussent dès qu'une trouée dans les feuillages les gorge d'un peu de soleil. La terre est riche et noire et les jardins donnent sans compter quand le temps ne saccage pas tout. L'été, les vergers se colorent de fruits et il y a de longs tuteurs pour soutenir leurs branches lourdes. La touffeur des mois de beau s'accommode de terribles orages qui mouillent les sols et ravinent les talus, et nous n'avons pas connu de sécheresses telles qu'ils ont eues plus au nord. Ici il y a davantage de pourriture et d'humidité que de chaleur. Nous vivons. Pauvrement. Nous subsistons.

Les grands-parents ou les arrière-grands-parents des habitants du village ont bâti des petites fermes en pierre jaune avec des toits qui emmènent glisser la pluie jusqu'au bout de leurs bras. Les fenêtres sont basses comme si on voulait empêcher la lumière de rentrer mais c'est le gel que l'on repousse ainsi, avec de minces ouvertures et des cheminées béantes dans lesquelles on peut se tenir debout tout près de la flamme au retour des jours glacés. On craint aussi la chaleur étouffante de l'été, même si elle ne dure qu'un mois ou deux : il faut casser les rayons du soleil qui cognent trop fort et toutes les petites fenêtres sont pourvues de volets en bois épais qui se ferment aux heures cuisantes comme aux heures froides, qui se ferment tout le temps à vrai dire. Moi je cours dehors et j'aspire l'air et je me moque qu'il soit sec ou gelé. Le Pays Arrière coule dans mon sang et dans mes veines.

J'aime les Montées plus que tout. Ce minuscule lieu-dit, c'est mon pays à lui tout seul et nous sommes blottis Rose et moi à demi-pente, assez loin du village pour être tranquilles et assez près des familles d'Eugène et de Léon qui nous surplombent pour ne pas nous sentir complètement seuls. La ferme de Rose est modeste, un rectangle abritant une salle où tout se passe, avec un coin qui servait de dortoir du temps où Rose avait un mari et ses deux fils qui sont partis. Dès que le ciel le permet, la porte est ouverte sur l'extérieur et nous franchissons cette frontière des dizaines de fois chaque jour. L'air doux et tiède se répand dans la maison sur nos talons quand nous entrons et cela sent l'herbe et le thym et la menthe.

Toutes les fermettes se ressemblent. Là-haut, celle d'Eugène et Aelis, tout comme celle de Léon et Ambre, est construite identique à la nôtre avec le petit bâtiment principal et une grange de l'autre côté de la cour. Dans la vallée les maisons du village sont encore plus réduites et certaines se touchent avec leurs murs mitoyens qui s'adossent les uns aux autres, mais l'architecture est la même et la pierre aussi, la pierre jaune d'ici qui fait sale l'hiver et qui a des reflets d'or quand le soleil l'illumine.

Ce paysage, j'ai appris à le regarder avec Eugène puisque je monte l'attendre à l'aube, avant de redescendre en marchant dans ses pas quand il va au fleuve avec le grand cheval. Ce chemin que nous pourrions avaler d'une traite sans rien voir de ce qui nous entoure, nous l'interrompons après cent pas, ou même moins, quand nous longeons la ferme plus bas. Ambre est toujours là au bord de la cour qu'elle balaie distraitement. Je sais que c'est nous qu'elle guette, pas la poussière, même si nous sommes aussi comme la poussière : chaque jour nous revenons.

Ambre est la sœur d'Aelis et la belle-sœur d'Eugène. Ambre est celle qui a eu le moins de chance parce que son mari Léon – je cherche les mots encore une fois et je ne les trouve pas, peut-être parce qu'en la voyant si belle, et son sourire à s'évanouir, je me dis qu'elle ne méritait pas cet homme-là, et que n'en pas parler le fera disparaître peu à peu. Mais Léon est bien là et Ambre nous attend pour parfois ces seules paroles de la journée, cette seule tendresse, quelques instants à l'aube et quelques instants au coucher du soleil. Ces moments je les connais par cœur. Ils ont une douceur qui me chavire et pourtant cela fait des années que je m'assieds un peu plus loin en faisant mine de ne pas regarder Ambre et de ne pas regarder Eugène, et je ne me lasse pas de ce qui vibre dans l'air. Ah oui : Léon, le mari d'Ambre, est un ivrogne et un salaud.

Chacun de ces matins, Ambre tend une poignée d'herbe quand passe le grand cheval qui s'arrête. Eugène s'immobilise à son tour et moi aussi dans ses jambes et ensuite je recule. Je m'efface. Je me remplis d'eux. Ils parlent peu, les mots sont lents, non qu'ils ne soient pas pressés mais ce pays est ainsi, on prend le temps, cela repose le dos, les jambes, les bras l'espace d'un instant. Ils ne se regardent pas, Ambre et Eugène, pas vraiment, ils observent l'horizon, moins face à face que côte à côte car ce qui les relie s'ouvre sous leurs yeux, la terre d'ici, ses champs cultivés et ses forêts épaisses, le soleil qui se lève et fait dans le ciel des auréoles jaunes et orange déjà tièdes. Ils savent sans les voir que les villageois, plus bas, se préparent comme eux pour la journée. Une vingtaine de maisons agglutinées le long d'un sentier caillouteux que le pas des bœufs et des chevaux a tassé depuis des siècles. Eux, Ambre et Eugène – avec leurs deux petites fermes sur les hauteurs qui offrent des vues magiques, qui prennent le vent de plein fouet les jours de tempête, à l'écart du monde et pourtant si proches –, eux vivent là en retrait, héritiers de la découverte d'une source qui a permis la construction des Montées. Il y en a plusieurs, de ces maisons esseulées dispersées au bon vouloir de l'eau, avec des terres plus grandes qu'au village, des chiens que l'on entend moins et moins de promiscuité, il y en a aux quatre points cardinaux, de ces bâtiments tranquilles, qui forment autour du village de La Foye une ceinture de toits de vieux chaumes, entre soi on ne se voit pas mais on sait que les autres sont là.

Et Eugène et Ambre en contemplant le village invisible s'épient du coin de l'œil du coin de la voix sans se fixer tout droit car ce serait trop difficile après, trop difficile de s'en aller. Juste s'entendre, se deviner, et ces mots toujours qui ne se disent pas même si moi je les sens courir dans mon dos et frissonner à mes lèvres, puisqu'il a fallu rester pense Eugène, pourquoi l'existence a pris ce chemin-là, si Aelis et Ambre sont les mêmes, pourquoi le sort lui a attribué la mauvaise part, depuis des années que les réponses s'esquivent, c'est ainsi voilà tout.

Ces instants suspendus entre Eugène et Ambre, même si ce n'est pas tout à fait normal, je les respecte et je les protège. Je suis un papillon qui ouvre ses ailes pour les cacher au monde le temps de quelques mots et de quelques sourires, même s'ils n'ont pas besoin d'être dissimulés ils ne font rien de mal. Je suis la marmotte qui surveille la colline, l'aigle qui plane au-dessus d'eux. J'essaie de réparer une erreur que je ne comprends pas et sur laquelle je n'ai pas de prise, et j'assiste impuissant à cette force entre eux qui ne se libère pas, parce que ça ne se fait pas. Parce que toujours les choses sont ainsi sans que l'on puisse les changer : il y a des univers qui sont incapables de bouger.

Je n'en avais jamais vu avant elles. Ambre et Aelis sont des jumelles. Cela n'arrive pas souvent et les gens se méfient quand les ventres des mères donnent la vie deux fois coup sur coup, soulagés lorsque l'un des deux enfants meurt à la naissance. Car pour eux, il n'y a rien de normal dans ces corps et ces visages qui se ressembleront goutte pour goutte tout au long de la vie, ces êtres dont on ne saura jamais vraiment si c'est l'un ou l'autre, si c'est humain, si au fond ce n'est pas le diable. Rose a ri en racontant il y a longtemps qu'Ambre et Aelis ont survécu toutes les deux et cela a causé bien du souci à leurs parents d'accueillir deux enfants d'un coup, deux filles qui plus est, qui n'auraient pas la force des fils, qu'il faudrait marier et presque payer pour qu'on les emmène. D'ailleurs il s'en est fallu de peu qu'on ne les jette dans le Basilic une nuit quand tout le village dormait. Cependant les nouvelle-nées étaient d'une beauté saisissante ; sans doute leurs parents les ont-ils gardées par une sorte de superstition confuse, mélange de fascination et de peur, n'osant défaire ce que le ciel avait fait si seulement c'était lui.

Aelis et Ambre ont été inséparables, enfants. Elles n'avaient pas les mots pour parler d'âme sœur pourtant il n'y en avait pas d'autre, deux petites filles n'en faisant qu'une tant leur communion d'esprit était forte, deux petites filles qui se suivaient telles des ombres, reproduisant exactement les gestes l'une de l'autre sans s'être copiées ni concertées, jusqu'au son de leur voix que leur mère ne différenciait pas. À elles deux, elles avaient créé un monde. Elles se suffisaient à elles-mêmes, ignorantes des regards qu'on leur jetait soit parce que leur ressemblance sidérait, soit parce que leur beauté fascinait. Elles inventaient des histoires qu'elles étaient seules à comprendre et qui ne faisaient rire qu'elles. Leur enfance fut un temps de partage et de bonheur.

En grandissant, les sœurs ont continué à se ressembler parfaitement. Moi qui ne les ai connues qu'adultes, j'ai eu beaucoup de mal à trouver comment les distinguer l'une de l'autre, je ne suis pas sûr d'y arriver chaque fois. Elles sont restées très jolies. On les a mariées sans peine, cela a fait une petite consolation pour les parents, et pour elles : un coup de tonnerre. Pour la première fois, elles ont été séparées. Sans doute avaient-elles cru que cela n'arriverait pas – non qu'on les marie, mais qu'on les enlève l'une à l'autre. Rose raconte qu'elles ont tant pleuré que les familles ont consenti à les installer côte à côte dans les deux fermes des Montées, pour qu'elles puissent se voir autant qu'elles le voulaient. Les fiancés, Eugène et Léon, ne s'y sont pas opposés, trop heureux d'avoir été préférés – mais comment ? ni l'un ni l'autre ne le sait vraiment : entre aïeuls, entre amis, du temps qu'ils étaient encore enfants, tous, Aelis et Ambre et Léon et Eugène, un jour où une vieille a dû dire que ce serait bien, et l'idée était née –, choisis pour épouser des filles trop belles, et ils ont emménagé dans des maisons presque aussi jumelles que leurs femmes. D'apparence, Aelis ou Ambre, quelle différence ? Moi non plus je n'aurais pas fait attention, j'aurais dit comme Eugène, en haussant les épaules avec un sourire : ce sont les mêmes. Quelle erreur alors.

De dehors, Eugène et Léon ne s'en sont pas rendu compte, c'était à l'intérieur qu'il fallait aller. De dehors oui ce sont deux gouttes d'eau ; mais dedans. Il y a d'un côté, celui d'Ambre, la douceur et le ravissement – et du côté d'Aelis cette aigreur et cette froideur. C'est comme le conte des deux sœurs, l'une charmante l'autre revêche, sauf que dans le conte, la revêche est laide, l'histoire est trop facile. Enfin Eugène a fait la mauvaise pioche et c'est terriblement injuste parce que Ambre aussi est tombée sur le mauvais numéro avec Léon, et quitte à ce que certains soient méchants ou affligés, autant qu'on les mette ensemble, me semble-t-il. Je les entends au village quand ils disent qu'il aurait mieux valu donner Aelis à Léon et faire deux malheureux au lieu de quatre ; dans le fond de leur cœur, cela les réjouit que les jumelles aient répandu le chagrin, cela les conforte dans leurs petites croyances grises.

Ils n'ont pas toujours dit ça du temps que Léon était travailleur. Dans sa jeunesse, on a parlé de lui comme du meilleur sabotier que la région ait jamais porté et ce n'était pas un mensonge. Il avait le soin de terminer son ouvrage sur les pieds de ses clients, enlevant un copeau qui frottait, arrondissant un coin qui n'allait pas.

Longtemps il n'a existé qu'une seule forme pour les sabots. Quelques tailles – enfants, femmes, hommes – avec lesquelles il fallait se débrouiller, on bourrait avec de la paille tressée, du jute, c'étaient les pieds qui se faisaient aux sabots, les sabots ne se faisaient jamais, le bois même tendre, cela ne s'assouplit pas. Là a été le génie de Léon : pour un sou de plus il s'est mis à évaser, creuser, arranger. Il disait aux gens de marcher pour voir où les orteils coinçaient ; eux se sentaient tels des messieurs, ils prenaient des airs. Tous repartaient avec les plus beaux sabots qu'ils pouvaient espérer ; certains avaient guéri de vieilles blessures ou d'escarres qu'ils traînaient sans espoir de les réduire. Dans ce pays on use trois à quatre paires chaque année, c'est ce qui se porte le mieux. Il y avait des sabots à fabriquer pour cent ans, le temps que Léon ait un fils qui reprendrait l'atelier et que ce fils lui-même en engendre un autre puis un autre.

Il y avait des sabots à n'en plus finir, jusqu'à ce que –

Après il y a eu l'accident.

Léon de ce temps traîne la jambe comme on traîne un chagrin, diminué dans son corps mais surtout dans son âme, car c'est l'âme qui a été touchée le plus durement. Et rien n'a pu y faire depuis toutes ces années, ni l'austère beauté du pays où ils vivent en reclus derrière les boucles du Basilic ni celle d'Ambre qui est avec Aelis la plus jolie femme du pays. Léon a commencé à boire quelques mois après son accident et n'a jamais cessé. Personne ne sait vraiment la profondeur de ses abîmes. Les autres, ceux du village, pensent qu'il n'a pas seulement glissé dans son atelier, que sa tête a pris un coup elle aussi, comme sa jambe qui s'est mise à l'équerre dans le mauvais sens et qu'aucune des deux, ni la tête ni la jambe, n'est vraiment revenue.

Le vin a remplacé le travail, a effacé Ambre – plus jamais on n'a murmuré au hameau qu'ils allaient bien ensemble : c'est fini tout cela. Moi quand je suis arrivé on riait déjà derrière eux, on disait qu'il ne fallait pas épouser une fille du diable, il aurait dû refuser, maintenant c'était trop tard.

C'est la fin de l'après-midi et j'entends la voix des fils d'Eugène, les deux plus grands – le plus jeune reste encore à la ferme. Ce qu'ils ont fait aujourd'hui je l'ignore, chercher des baies ou du bois, emmener les cochons à la glandée, jouer parfois avec des petits bâtons parce que personne ne les voit et que malgré le travail à partager, ils restent des enfants. De loin ils m'aperçoivent et ils m'appellent avec de grands gestes. *Bran, Bran ! Viens !* Je cours vers eux. J'aime les fils d'Eugène, j'aime leur enfance qui oublie la dureté du monde. Chaque soir nous détalons autour des maisons jusqu'à nous entremêler les uns les autres et nous écrouler sur la terre avec des cris et des rires. Le petit Mayeul nous rejoint et se roule sur nous, nous faisons attention de ne pas l'écraser il n'a que six ans. Parfois nous restons là enchevêtrés et nous regardons le ciel et sa lumière qui descend. Nous ne disons rien, la vision d'un univers qui nous dépasse et la tiédeur de nos corps emmêlés nous suffisent. C'est très différent de la vie chez Rose. Cela me fait du bien cette parenthèse.

Moi et les fils d'Eugène.

Ils auraient dû être cinq mais deux sont morts. C'est normal, à cela aussi nous sommes habitués : la moitié des enfants ne passe pas les dix ans. Ceux qui restent sont les plus solides, c'est la loi de la nature ; ainsi la race se perpétue-t-elle dans une vigueur de plus en plus sûre, qu'amoindrit cependant, par vagues, l'accumulation du froid, de la faim et des maladies. Ces dernières années s'y sont mises lourdement pour emporter les enfants d'Aelis et d'Eugène. Le plus dérangeant est la façon dont, chaque fois, Aelis s'est détournée de ses petits, non qu'elle ait baissé les bras mais elle a compris avant Eugène que c'était inutile, trop tard, trop dur. Les oiseaux poussent hors du nid les bébés faiblards, les renards abandonnent dans les bois les petits malformés ou fragiles. Aelis comme les bêtes a gardé ses forces pour les autres, ceux qui avaient une chance, là non plus Eugène n'a jamais su d'où lui était venue cette sorte de prescience. Simplement il ne faut pas être enfant dans cette vie-là, il faut grandir, vite.

Germain, l'aîné, a dix ans à présent. Il est maigre et robuste à la fois. Au regard d'Eugène quand parfois il l'accompagne, je vois la fierté du père, la fierté qui se dit que Germain est déjà un petit Eugène et c'est bien ainsi, de plus en plus fort l'enfant qui s'éloigne du spectre de la mort prématurée même si rien n'est jamais gagné. Si fort, Germain, que je me tiens toujours à l'écart. Il y a trop de sang en lui. Quand il m'agrippe par le cou pour jouer c'est brutal, il serre, il plante ses ongles et je me rétracte, je voudrais être une tortue et me replier à l'intérieur, là où il ne m'attrapera pas. Après je m'éloigne. Je chahute avec

Artaud ou même Mayeul. Tous les deux ont la peau marquée des étreintes de leur aîné.

Germain aime la fatigue. Je me dis parfois que c'est la seule chose qui puisse le calmer, il le cherche cet épuisement du corps, il l'appelle. Il travaille sans relâche du matin au soir, trop dur pour un garçon de son âge, travaille à en crever et la fatigue toujours le fait rire. Aelis et Eugène au début ont craint une sorte de démence – il n'en est rien. Appuyé sur son bâton, Germain rentre de la longue journée aux pâturages au bord des bois, les jambes traînantes, la voix brisée qui n'essaie même pas de dire. Il mange le peu qui lui est échu, dormant déjà, avale en riant, s'étend en riant et rit pendant son sommeil, jusqu'à ce que l'aube l'éveille et que ce feu effrayant le relève, les yeux brillant d'une fièvre qui n'est pas maladie. Il court au labeur comme les hommes répondent au glas, par réflexe, par nécessité, par élan. Les jours où on lui interdit de sortir parce qu'on a vu des loups ou que le village parle d'une attaque de brigands de l'autre côté du Basilic, Eugène l'entend tourner sur lui-même toute la nuit, le corps dévoré par une violence qui n'a pas été harassée. Ces nuits-là Germain ne rit pas, il y a cette lueur sombre dans ses yeux noirs que rien n'apaise. Eugène s'endort quand même, vaincu, laissant le petit à ses démons, s'endort pour aller puiser dans les tréfonds cette force-là, il envie parfois son fils, ce qu'il ferait, lui Eugène, s'il avait au cœur cette énergie presque surhumaine. Au matin, dès qu'Aelis se lève, Germain la suit telle une ombre, taiseux, ramassé, une fusion prête à jaillir. Il bondit quand s'ouvre la porte, et tous les deux, Aelis et Eugène, ils ont le sentiment de relâcher une bête sauvage. Un peu de la tension s'échappe de la maison. Ils soupirent, l'enfant ouvre déjà l'enclos, sort les deux cochons pour les mener à la glandée. Il prend en passant le morceau de froment que lui tend sa mère, agite la main, ne se retourne pas. À l'orée du bois ils l'entendent rire, le rire de Germain, plus tard cela deviendra une expression au village, cela restera, ils diront tu te souviens, un rire de germain.

Artaud rejoint son aîné toujours un peu plus tard, toujours un peu en retard. Artaud, le second-né, n'a qu'une année de moins que son frère. Il est venu vite, peut-être trop, comme si Germain avait pris toutes les forces et qu'il n'en reste pas tout à fait assez, ni les forces ni l'éclat. Artaud n'est ni chétif ni faible, il est juste *un peu moins*. Moins vif, moins rapide, moins solide que l'autre, moins résistant, moins rieur. Parfois en le regardant courir derrière Germain, j'ai de la pitié pour lui. Il ne le rattrape jamais. À un moment l'aîné s'arrête, se laisse toucher – sans quoi la course pourrait durer pour l'éternité. Artaud ne cède pas. Il essaie. Il ne faut pas le plaindre parce qu'il ne souffre pas : tout son être est voué à imiter Germain pour qui il a une admiration sans limites. Le grand frère est sa passion, sa raison de vivre. La fascination le transcende, il n'y a ni aigreur ni tristesse. Et Germain par les encouragements qu'il prodigue chaque fois à son cadet lui rend cette amitié qui fait les familles, celle qui jamais ne faillit, jamais n'abandonne. Ils vont tous les deux épaule contre épaule, le plus souvent ils mènent les cochons en attendant de pouvoir aider aux vrais travaux, ceux des champs et ceux des bois, alors ils laisseront les bêtes à d'autres enfants ou au porcher du village, pour l'instant cela les rend fiers, cela les rend grands. Ils ont leur badine à la main, depuis peu ils partent le jour entier. De dos on dirait deux anges sans ailes. Artaud surveille les cochons tandis que Germain ramasse des branches. L'après-midi ils chargent chacun un fagot sur leur dos, marchant courbés derrière les gorets. Ils leur jettent des regards entendus : on en tuera un pour la Noël et l'autre vers le mois de février, quand il sera plus gros. Oh la joie de ces mois d'hiver où il y aura à nouveau de la viande – ils y pensent tous les matins en sortant les pourceaux et en les engraissant de glands, de racines et de faines.

Le seul point sur lequel Artaud se distingue de Germain et dont ils n'ont conscience ni l'un ni l'autre, c'est la beauté. Autant Germain a les traits carrés et réguliers d'Eugène, ceux de la puissance et de la volonté, autant Artaud a hérité de la splendeur de sa mère. Il partage avec ses frères les cheveux bruns en bataille et le regard noir mais il a un visage d'une finesse saisissante et de grands yeux lumineux, dépassant en éclat tout ce que le village a engendré depuis longtemps – et même sa mère et même sa tante. Les autres gamins le traitent de fille. Artaud sait qu'ils rient de lui et il court vers eux, n'échappant à la correction que parce que Germain le suit et cogne qui passe à portée de mains. À eux deux ils voltigent, bondissent, frappent dans une étrange ivresse et le rire de Germain s'élève dans l'air, faisant vibrer le ciel. Ils sont dos à dos pour ne pas qu'on les surprenne et Artaud sent contre sa colonne vertébrale le rire de son frère, le monde peut bien s'écrouler ils sont ensemble ils n'ont besoin de personne pas même du dernier, le petit frère.

Mayeul est le cinquième fils. Entre Artaud et lui, deux nouveau-nés sont morts coup sur coup, étirant l'écart d'âge entre eux. Mayeul a six ans et reste encore à la ferme avec Aelis, à six ans on n'est pas tiré d'affaire si seulement on l'est un jour. Est-ce pour cela qu'il y a si peu de tendresse, parce qu'il ne faut pas trop s'attacher à des êtres qui peuvent mourir soudainement, est-ce parce que la vie l'a épuisée, cette tendresse, mais cela non plus n'existe pas et Aelis prend soin de ses fils comme elle prend soin de ses bêtes ou comme Rose s'occupe de moi, avec attention et peu d'émotion.

De l'affection, Mayeul en a pourtant plein sa tête plein son cœur et Dieu sait où il l'a prise, ni modèle ni exemple, c'est venu comme ça. Cela s'exprime d'une façon qui accable Aelis : le petit est bavard. Toute la journée depuis qu'il a été capable de proférer des sons, il babille. Il raconte des histoires, commente ce qu'il voit, ce que je fais quand je fouine autour de chez lui, ce que fait sa mère, la voix qui crie parfois qu'il se taise. Rien ne l'arrête, pas même l'humeur d'Aelis quand la journée a été mauvaise et que le garçon continue à causer sans presque respirer, et il cause derrière elle, collé à ses jupes, où qu'elle aille de la maison ou de la cour, il est dans ses pas. Plusieurs fois, j'ai vu Aelis reculer en étendant le linge ou en ramassant quelques légumes et le faire tomber tant il était près d'elle. En vérité c'est exprès, à un point elle ne le supporte plus. Elle préfèrerait qu'il pleure.

Mais il se relève en s'époussetant, la regarde comme s'excusant, est-ce pour elle ou pour lui, il hésite un instant puis si Eugène est rentré il court vers l'étable où mange le grand cheval doré et s'enroule dans un coin de l'écurie en reprenant ses bavardages. Jéricho tourne parfois la tête vers lui en quémandant une caresse. Il faut qu'Eugène vienne le chercher pour le souper sans quoi le petit resterait jusqu'au lendemain. On ne peut pas le laisser vivre là, dit Eugène quand Aelis lève les yeux au ciel et c'est pourtant dans l'écurie qu'on le retrouve chaque fois qu'il disparaît ; à six ans Mayeul est capable de mener Jéricho comme bon lui semble – le cheval se prête à ses ordres de bonne grâce mais voilà, un enfant ça n'est pas fait pour passer son existence dans une étable et même si Eugène sait qu'il s'y réfugie quand Aelis a été trop dure avec lui, cela ne lui plaît pas. En les voyant rentrer, Aelis baisse la tête. Elle a honte de son geste, honte de repousser son enfant vivant. Elle sait sa chance d'avoir des fils. Elle connaît des gens au village qui les ont tous perdus.

Elle connaît des gens qui –

Ambre, dans la ferme d'à côté, Ambre n'a personne à élever.

La maison d'Ambre et de Léon n'a jamais résonné de cris de nourrissons. Il n'y a pas eu d'enfant mort, non : simplement, ça ne prend pas. C'est ce que disent à voix basse les gens du village, et parfois la même pensée traverse Aelis, comme on parle des brebis ou des vaches, faire des petits c'est tellement facile. Ça vient tout seul, ça vient plus souvent qu'on voudrait, on ne sait pas comment ça marche, mais ça marche. Cela il ne faut pas le dire à Ambre. Chez Ambre, il n'y a pas d'enfant.

Les bonnes langues d'ici font la liste des causes possibles bien sûr. Avec Léon l'ivrogne. Avec la jumelle. Les commères rient à couvert, le Léon ne doit pas être bien vaillant, et elle. Est-ce que ce n'est pas encore un peu le démon ? Pourtant Aelis, sa sœur, a eu trois beaux gaillards. Ça en fait des bavardages. Ça en fait des avis, des intuitions, des rumeurs. J'en ai saisi des bribes mais, dès qu'elles me voient, les femmes se taisent. Elles se méfient. Il pourrait y avoir Rose dans mon sillage. Ceux des Montées, elles nous appellent – ceux des Montées parlent entre eux et Rose a une tendresse particulière pour Ambre. Personne n'a envie de se colleter avec elle. Rose a le verbe haut et acerbe de ceux qui ne craignent pas, ses mots sont parfois pires que des gifles. À elle on ne dit rien. Et puis on a trop besoin d'elle.

Ambre est venue plusieurs fois chez Rose pour l'enfant. Rose a préparé des plantes, des infusions ; elle a murmuré des secrets à l'oreille de la petite, seulement quand ça ne veut pas, ça ne veut pas. Elle dit qu'ils ne sont pas faits l'un pour l'autre, Léon et Ambre. Alors la nature se met en berne. Chaque fois – mais ce que recouvre ce *chaque fois*, je préfère ne pas le savoir – chaque fois donc, Ambre descend chez Rose en larmes à cause du sang qui est revenu. Cela m'émeut et m'agace en même temps. Je ne comprends pas qu'on pleure pour cela et pourtant lorsque Ambre est là devant la porte avec ses yeux rougis, je voudrais la consoler de toutes mes forces. Rose me congédie d'un mot. Ce sont des histoires de femmes. Ne tourne pas autour de nous, dit-elle. Je sors et j'aspire l'air.

La douleur d'Ambre se tait, tapie à l'intérieur ; les chairs stériles se cachent pour pleurer. Que je sache, Léon n'en cause pas – les hommes ne parlent pas de ces choses-là. Ambre distille sa peine auprès de sa sœur et de Rose et prend soin de ses neveux comme s'ils étaient le fruit de ses propres entrailles. Aelis lui a volontiers cédé ses fils à leurs premiers âges, quand la charge de travail était trop grande, quand le bruit et les pleurs l'exaspéraient. Elle a essayé de la consoler aussi, à sa façon à elle, maladroite et sincère, elle a avoué qu'elle non plus n'était pas heureuse, elle ne les voulait pas, ses trois fils, elle voulait une fille. Ce n'était pas raisonnable d'espérer une fille en ces temps-là, même pour aider à la ferme, les filles c'était du souci jusqu'à ce qu'on leur trouve un mari, elles étaient fragiles, lorsqu'elles travaillaient aux champs elles allaient moins vite et moins fort que les hommes, elles avaient la larme plus facile, la santé chancelante. Mais ç'aurait été si joli une petite fille dans cette maison, murmurait Aelis en fermant les yeux pour ne plus voir ses garçons. Seulement le sort ne l'avait pas écoutée, puisque des cinq enfants qui étaient nés, il n'y avait que des mâles, des bras pour arquer, des dos pour porter, des fronts pour suer. Aelis écartait les mains dans un geste résigné, les laissait retomber sur ses hanches.

Ambre baissait les yeux. À elle la question ne se posait pas, il était entendu qu'elle était incapable d'avoir des enfants. Cela résonnait dans sa chair en creux. Cela faisait mal. Elle souriait. Ce n'est pas grave, se répétait-elle en silence. Et ce n'était pas vrai : c'était grave et cela faisait mal. Après elle et après Léon, il n'y aurait plus rien. C'est ainsi que les lignées s'éteignent, que les mondes s'effacent. De quel côté est le malheur ? pensait-elle en regardant sa sœur, et elle ne disait rien, elle courait prendre le plus jeune, encore nourrisson, dans ses bras, elle saurait s'en contenter, il le faudrait.

Les années ont passé et elles en sont toujours au même point, les deux sœurs, Aelis avec ses trois fils et Ambre seule avec son ivrogne. Chacune de son côté, elles s'accommodent. Elles ont gardé leur complicité par-delà les aléas de la vie et la proximité des fermes leur offre des moments de chuchotements chaque jour. Une chance, dit Ambre, mais Aelis voulait davantage, elle aurait aimé qu'ils vivent tous les quatre, tous les sept aujourd'hui, dans la même maison, ce serait mieux, ce serait plus facile, ravauder ensemble, cuisiner ensemble, nettoyer ensemble. Dormir dans des grands lits côte à côte. Ambre rit qu'elle exagère et Aelis insiste, dans les familles il n'est pas rare que l'on partage la même ferme, les jeunes et les aïeux, et elles qui n'ont plus de parents, Eugène et Léon non plus, il y a de la place, on pourrait, dit-elle, Ambre sourit en haussant les épaules. Elles vivent si proches l'une de l'autre : cent pas à peine entre les maisons, une cour à traverser. Aelis trouve que c'est encore trop loin, elles gloussent toutes les deux. Elles aiment ces instants volés au labeur, elles s'asseyent côte à côte sur le banc lorsqu'il fait beau, rentrant dans la salle sombre si la pluie les chasse. Elles ont ces mots joyeux, et l'excès toujours, chez Aelis, elle s'enflamme, et si Eugène mourait ? Et si Léon mourait ? Vite, d'un bel accident comme il en arrive tant ici, ensuite elles suivront la coutume qui veut qu'une veuve s'installe chez son beau-frère, cela lui est égal à Aelis, que ce soit Eugène ou Léon, et Ambre rit encore, il vaut mieux qu'Eugène survive, Léon ne pense qu'à boire, on ne peut pas s'y fier. Oui avec ces rires-là, elles peuvent se permettre de tout dire. Derrière les rires, la détresse de ne plus habiter sous le même toit et la déception de la vie adulte se murmurent.

Ce qui reste est pourtant essentiel : Ambre et Aelis n'ont jamais cessé de s'aimer. Certains après-midi, quand je traîne autour des fermettes, quand j'assiste de loin aux bavardages entre les sœurs, je peux en témoigner : à ce moment-là il n'y a plus deux personnalités opposées, mais deux rayons de soleil identiques, et je comprends que ce sont des jumelles, vraiment, deux femmes qui se ressemblent jusqu'au bout de leurs sourires et de leurs voix transfigurées débordant d'affection et de gaieté. Le reste s'efface le temps d'une respiration, d'une causerie, de retrouvailles sans cesse renouvelées : chez Aelis, l'insatisfaction de tout. Chez Ambre, son sale mari et le berceau vide, l'argent à demi bu avant d'être arrivé à la maison, les coups de gueule qu'Eugène entend certains soirs quand il bouchonne le grand cheval, et dont il ne dit rien.

Chez nous, Rose aussi m'ordonne – Bran.

Pour que je me rasseye.

Pour que j'arrête de me tendre là d'où viennent les voix, ce ne sont pas nos affaires, murmure-t-elle, et je vois le chagrin dans ses yeux.

Rose a rangé les chemises et les torchons mis à sécher dehors, elle m'a attrapé par le cou et nous sommes rentrés dans la maison en hâte. Porte fermée, le loquet est rabattu. Nous écoutons. C'est un bruit que nous connaissons par cœur et pourtant chaque fois il nous fait frémir. C'est un bruit qui nous rend vulnérables. Il n'arrive pas très souvent, mais il arrive. C'est celui que nous haïssons : le galop du cheval du fils d'Ambroisie.

Au village on parle du fils du maître, on dit Ambroisie-le-Fils. Le Fils a l'âge d'Eugène à peu près. Le Fils a un cheval gris qu'on entend venir de loin avec son pas saccadé si particulier, est-ce la race, est-ce la main trop dure de son cavalier qui désunit le cheval, la campagne et le village s'emplissent de ce mélange de course et de trot et –

Tous, si nous pouvons, nous reculons dans une ombre et nous nous cachons.

Le Fils est fou.

Nous détestons les maîtres, cependant Ambroisie-le-Père est juste. Il exige son dû, il y a cette dureté en lui, et pourtant il ne nous saigne pas, il ne surveille pas nos moissons ni nos femmes, il n'entre pas dans nos cours, ou si peu : à la saison des récoltes, ou lorsqu'il faut requérir nos bras pour une tâche imprévue. Le Père n'a pas la démence du Fils, ni la Mère d'ailleurs, personne ne sait d'où elle est venue. Il chevauche sans gardes, seul et forcené, certain de son pouvoir, devant lui nous filons doux, nous nous rendons invisibles.

Le Fils un jour sera le maître. Nous prions pour que le Père vive cent ans, pour que le Fils ne vienne pas sur nos terres piétiner nos cultures et reluquer nos filles.

Sur le domaine des Ambroisie, les hommes cultivent pour l'essentiel des blés, froment, seigle, orge, avoine selon les saisons, le sarrasin aussi, qui est plus résistant. Au début de l'été, ils guettent tout ce qui peut mettre en péril les futures moissons et parmi ces périls, il y a Ambroisie-le-Fils.

Les orages, la sécheresse, le gel ne suffisent donc pas, s'écrient-ils ensuite. Le Fils aime la chasse, tous les maîtres aiment la chasse. Mais jamais le Père n'a eu ce mépris de notre travail et de notre survie. Jamais il n'a mené ses chevaux et ses gens à bride abattue à travers nos champs, taillant dans les blés, retournant l'avoine, piétinant le sarrasin. Le Fils, lui – même la pensée que ce blé et cette avoine lui reviendront en partie ne l'arrête pas. Il veut seulement s'amuser. Si un lièvre ou un chevreuil l'entraîne au milieu de nos cultures, il les suit. À entendre ses cris forcenés, hurlements pour houspiller les chiens mêlés d'une joie incontrôlable et dérangeante, nous nous demandons si le plaisir n'est pas plus intense quand la traque se double de la destruction de nos sols. Le Fils nous crache dessus. Il est intouchable. Il est le maître.

Nous le regardons cavaler sur son beau cheval gris en nous mordant les lèvres. Personne ne se hasarde à essayer de le raisonner depuis qu'un ancien, le vieux Lazare, s'est interposé un jour et que le Fils l'a transpercé de son épée. Lazare a mis des jours à mourir. Nous ne pouvons rien dire. Ou nous disons, entre nous. Et puis nous ravalons. Peut-être cela nous fait du bien de crier nous aussi, pour que quelque chose sorte, quelque chose de possible, car nous ne prendrons jamais les armes, juste nos gueules pleines de haine, ensuite la honte nous fait taire. Chacun regagne sa chaumière sous le regard des femmes. Ce regard plus dur que les mots qui viennent de se dire, il tombe sur les hommes, des hommes qui baissent la tête, qui grincent à cause des blés, mais les femmes, elles.

Le Fils aime la chasse, et il aime nos femmes. Lorsqu'elles ne se cachent pas assez vite, il n'est pas rare que le Fils au galop derrière un gibier tourne bride d'un coup, oubliant le renard ou le cerf qu'il traquait, talonnant son cheval pour rattraper une robe, qu'importe qu'elle soit très jeune ou trop âgée, une robe à retrousser, le cheval n'est pas encore arrêté que le Fils est déjà à terre, déjà sur elle. C'est son vice, et davantage qu'un vice, une folie, il aime les filles, il les pourchasse un peu pour les éloigner des fermes, après quoi il les précipite dans l'herbe. Si elles crient il les abîme, cela aussi il aime ça. Tous nous le savons. Les hommes au bois ou aux champs, qui voient passer le cheval à vive allure, ils savent. Les femmes entendant les sabots sur la terre et rentrant les enfants en courant à leur suite, elles savent. Personne n'en parle. Après, les femmes violées défroissent leur robe de tissu grossier et passent un linge sur leur corps souillé. Elles reprennent le travail là où elles l'avaient laissé, libérant les enfants sans un mot, le regard un peu plus bas, la mine un peu plus sombre. Les hommes en rentrant le soir ne disent pas qu'ils ont vu le cheval ce jour-là, comme si n'en pas parler le rendait impossible, comme si tourner le regard les protégeait et le monde continue de filer, les choses s'effacent d'elles-mêmes dans une douleur tue. Quand un enfant naît qui ressemble au Fils, la famille ferme sa bouche et tue le nourrisson la nuit d'après.

Parfois une femme se débat et Ambroisie-le-Fils la frappe ou la titille de la pointe de sa dague. Ces fois-là, il y a des traces, on ne peut pas ignorer qu'il s'est passé quelque chose. Mais c'est la faute des filles. Elles n'ont pas voulu laisser faire. Elles se sont mises en danger toutes seules au lieu d'attendre que le Fils en ait fini avec elles, la colère des hommes se retourne contre elles ; c'est plus facile d'accuser les victimes quand le bourreau est le maître. Dans le foyer le soir, on s'en veut du bout des yeux, on reste à distance. Le temps passe telle une excuse. Et toujours le monde reprend sa course, un peu plus gris, un peu plus bas, il n'y a rien à dire alors on ne dit rien.

J'entends le murmure de Rose derrière le volet, chuchotement mêlé d'imprécations à voix basse, comme si Ambroisie-le-Fils pouvait nous entendre de l'autre côté des murs de la maison, et elle regarde vers le haut du chemin, pour voir si le cheval gris galope jusqu'au bout des Montées. Je la devine qui supplie que les filles soient rentrées, terrées, rencognées elles aussi. Ambre, pense-t-elle, et Aelis.

Moi qui vaque toute la journée dans la campagne, je les ai vues les sœurs, je connais leurs caches et leurs ruses quand la course du cheval s'annonce, et je ne suis pas inquiet. Elles ont un cri pour se prévenir, un cri d'oiseau aigu, n'importe qui le prendrait pour l'effroi d'un merle. Elles se sont confectionné des petits refuges aux abords des fermes, ou un peu plus loin quand elles cherchent des brindilles pour le feu ou des châtaignes à l'automne : huttes à moitié enfouies sous les ramures basses des arbres, faux tas de branches enchevêtrées sous lesquels elles peuvent se glisser, trous agrandis pour s'y coincer le temps que la bête et son cavalier disparaissent. Il y a de l'insolence chez les jumelles, pas d'inconscience. Elles se savent belles. Elles connaissent le danger. Ici personne ne joue avec les maîtres et elles moins que les autres, avec leur silhouette anormalement élancée – d'habitude, seules les demoiselles des châteaux ont cette finesse, les paysannes sont trapues, solides, modelées pour le travail.

Mais Aelis et Ambre, c'est différent. Il y a ces longs cheveux blonds qu'elles voudraient laisser détachés et dont les mèches ensoleillées s'échappent du fichu, elles ont ces yeux trop bleus et l'éclat de leur rire qui jaillit comme la source vive là-haut sur le plateau, et encore une fois tout cela se passe de mots, c'est dans les regards sur elles, dans les murmures. C'est leur tragédie : si le Fils les aperçoit, il fondra sur elles. Leur père très tôt, puis Eugène et longtemps Léon n'ont eu de cesse de les prévenir. Il faut être à l'affût, se mettre dans la peau d'une biche lâchée dans les bois qui à chaque pas risque de croiser un chasseur. Cela, elles l'ont retenu.

Ainsi Ambroisie-le-Fils n'a-t-il jamais vu de ses yeux aucune des deux sœurs. Il a parfois deviné leurs ombres au loin et peut-être a-t-il talonné le cheval pour les rejoindre ; mais malgré la vivacité du destrier, elles sont toujours évaporées lorsqu'il arrive. Le Fils prolonge la course, ne sait pas ce qu'il vient de manquer, sans quoi le désir le rendrait fou jusqu'à renifler les plus petits terriers pour dénicher les belles, exactement comme il le fait à la chasse, marchant à côté de sa monture pour repérer les traces de gibier, décrivant de grands cercles concentriques et méthodiques qui trahissent une ténacité confinant à la rage. Sauf qu'Ambroisie-le-Fils ne connaît pas Aelis, et il ne connaît pas Ambre. Elles en ont ri après avoir eu bien peur, un jour que le jeune maître a couru la campagne à quelques pas d'elles enfoncées dans leur trou, et qu'il s'en est fallu de peu. Ce jour-là je suis sorti de ma cache. Je me souviens des yeux du Fils sur moi mais je m'en moquais, j'étais sorti pour l'attirer, ce regard, pour le détourner des jumelles qui étaient trop proches, qui respiraient trop fort. Peut-être le Fils a-t-il hésité, déçu, rageur, il avait cru autre chose – il a posé une main sur son arbalète et mon cœur a battu plus fort. Il s'est passé quelques secondes. Puis il a arraché la bouche du cheval et il est parti.

Le Fils ne doit pas toucher Ambre et Aelis. Rose ne me pardonnerait pas, même si ce n'est pas à moi de les protéger. Elle a dit un jour qu'il fallait être prêt à mourir pour ceux qu'on aime, elle pensait à ses fils mais ses fils ont quitté le Pays Arrière et cela ne nous concerne plus. Le monde est laid et nous n'y pouvons rien. Et pourtant au milieu de ce désespoir il existe des étincelles qu'aucun malheur n'arrive à briser complètement. Ce sont les rires des enfants, les navets que l'on réussit à sortir de la terre et qui ne sont pas complètement gâtés, la pièce chaude chez Rose quand je rentre et que les tremblements de froid arrêtent de me secouer.

C'est le regard entre Ambre et Eugène les jours de labeur, toujours, ce regard que je continue à voler et qui guérit de tout. J'aime par-dessus tout celui du soir, quand le temps presse un peu moins et qu'Eugène s'assied sur le muret et prend la gamelle d'eau que lui tend Ambre. Il n'a pas besoin de boire ici : encore cent pas et il sera chez lui, mais chez lui c'est ici, sur ce mur, avec elle et avec moi – et le grand cheval s'ébroue, cherche de l'herbe, nous faisons silence. Ces instants-là adoucissent la brutalité de l'existence.

Ils posent un baume qui ne cicatrise aucune blessure, qui permet simplement que tout n'implose pas.

Que la vie soit mal faite, nous le savons tous.

Nous avons la conscience aiguë de l'imperfection du monde ; les terres pourraient être partagées équitablement, et la richesse, et le travail et la maladie. L'amour, aussi. Mais le monde n'est pas juste, il ne l'a jamais été. Nous avons toujours été des gueux et nous avons toujours eu des maîtres. Nous ne savons pas d'où cela vient. De l'éternité, sans doute. Il n'est pas sûr que nous puissions changer de ce côté-là, non que nous n'en ayons pas la force, mais nous n'en avons pas l'idée. Les maîtres sont les maîtres.

Chaque degré du monde règne ainsi sur le degré du dessous. Entre eux également, les hommes sont impitoyables. Les gros paysans traitent leurs ouvriers comme des chiens, les artisans élèvent leurs apprentis à la trique, les parents commandent aux enfants jusqu'à leur mort. On ne s'oppose pas, les plus forts et les plus anciens ont toujours raison. La vie s'enchaîne sans que l'on se demande si c'était juste ; sans que l'on se pose la question de savoir s'il y avait mieux à faire, et pourtant oui, il y avait mieux à faire. Mais ah. Il aurait fallu réfléchir. Il aurait fallu ouvrir des possibilités et nous ne savons pas comment nous y prendre, pour peu que cela nous intéresse. Parfois il vaut mieux conserver un monde injuste dans lequel chacun connaît sa place, plutôt que de tout fiche en l'air et n'être plus sûr de rien. Ce que l'on a aujourd'hui, on l'a, même si c'est minuscule. Les hommes ont toujours quelque chose à perdre, ne serait-ce que la vie. En y pensant bien, le simple fait d'avoir un toit est déjà une chance.

Manger.

Se chauffer.

Tout trop peu et mal, mais cela existe. Alors, avons-nous intérêt à ce que le monde change ? Je n'explique pas autrement que par cette incertitude la capacité qu'ont les hommes à étouffer eux-mêmes leurs élans de révolte. Il y a cinq ou six années, la femme de Siméon a été violée par Ambroisie-le-Fils. Comme souvent, personne ne l'a su ; et personne ne l'aurait su si elle l'avait enduré. Mais elle était fragile, elle avait la tête faible. Quelques jours plus tard, elle s'est jetée dans le puits – c'est là qu'on l'a cherchée tout de suite lorsque Siméon a crié au village qu'il ne la trouvait pas : quand ça ne va pas, les hommes se pendent à nos arbres, les femmes se jettent dans nos puits. Siméon était massif, charnu, mauvais. Nous savions qu'il tapait sur sa femme. Encore une fois, le monde fonctionne ainsi, nous nous vengeons sur les plus faibles de notre propre impuissance. Seulement Siméon, qui avait perdu son souffre-douleur, n'avait pas l'intention d'en rester là. Il voulait se plaindre à Ambroisie-le-Père, et quand les villageois l'en ont eu dissuadé, il a décidé de s'en prendre au Fils. Personne ne saura s'il était sérieux, s'il l'aurait vraiment fait, nous n'avons pas pris le risque. Siméon a été enfermé dans une soue par les paysans de La Foye. Il était méchant comme un chancre et il a été tabassé jusqu'à ce qu'il jure, assoiffé, affamé, meurtri, qu'il ne tenterait rien. On ne l'a pas cru. On l'a étranglé. Nous avons protégé des maîtres qui n'en avaient pas besoin pour ne pas risquer pire que ce qu'était déjà notre existence. Nous avons choisi le silence. Nous sommes des lâches, mais nous sommes vivants.

Ça y est, c'est là. C'est chez nous. Rose le dit en me regardant – c'est ici. Elle le sait parce que cette fois, il manque des œufs dans la petite grange. Elle le sait parce qu'elle m'a regardé de travers, pourtant ce n'est pas moi qui ai pris les œufs, moi je ne vole pas, ou si peu, ou si mal. Des œufs, j'en aurais cassé en les avalant, j'aurais eu du jaune sur le nez, un morceau de coquille collé quelque part. Rose a sorti la vieille fourche avec ses piquants dont nous ne nous servons plus, elle répète que les chiens n'aboyaient pas méchant, elle pense toujours à une bête, pas très grosse parce que nous n'avons jamais réussi à la voir, vive, méfiante. Elle dit qu'un renard aurait changé de maison depuis le temps, et puis les poules ne sont pas agitées. Donc, peut-être un chat. Rose en avait un, avant, je sais qu'elle l'aimait et je ne veux pas qu'elle aime ce chat plus que moi. Je ne veux pas partager le coin de la pièce avec une bête qui ne sert à rien. Il chassera les souris, dit Rose, mais les souris nous pouvons les manger s'il le faut, nous l'avons déjà fait un hiver que tous les greniers et tous les placards étaient vides. Rose a coupé leurs têtes et leurs pattes et nous les avons mises à griller sur les braises, cela sentait bon de la même façon que les autres viandes, il suffit de ne pas penser que ce sont des souris.

Cependant, Rose n'est pas certaine que ce soit un chat. Nous l'aurions déjà vu, ces bestioles-là ne sont pas tant sauvages, ne se comportent pas ainsi, comme si elles nous craignaient plus que tout. Rose dit un chat pour ne pas avoir peur. Maintenant, cela chipe des œufs. Maintenant, Rose s'agace. Il faut que ça s'arrête.

Quand les chiens aboient là-haut chez Eugène ou Léon, Rose insiste : ça va descendre. Elle pose des soucoupes de pain mouillé pour attirer la bête, elle ne rit plus. La chose qui se promène est avant tout un voleur et il s'agit de l'attraper. Je n'aime pas ce bousculement dans nos vies, je n'aime pas ce qui arrive. Je sens quelque chose de différent, qui pourrait infléchir à jamais nos existences. Au fond, je suis comme ces hommes qui gueulent que tout doit changer et qui, une fois sur le point de le faire, se rendent compte que ce n'était pas si mal avant.

En attendant, Rose en a parlé à Ambre et à Aelis qui écoutent elles aussi les aboiements des chiens depuis des jours. Il y a une tension dans l'air. Elles croient à une petite bête inoffensive, les femmes s'inventent de jolies histoires, elles ont besoin de rêver. Les histoires c'est comme la fièvre ou la variole, c'est contagieux, on en cause et tout le monde les attrape, elles vous agrippent et après les soucis commencent, à cause de tout ce à quoi on n'a pas réfléchi, tout ce qui avait l'air si simple et qui ne l'est pas. Eugène non plus ne croit pas aux histoires des femmes. Il hausse les épaules et dit que, si ça continue, il faudra tuer le chat, ou quoi qu'il soit, parce qu'il ne supporte plus les nuits hachées par les aboiements des chiens, qui réveillent ses fils, qui le laissent fatigué dès l'aube. Rose, Ambre, Aelis : elles hochent la tête, perplexes. Personne n'a le souvenir d'une telle présence, furtive, invisible, installée. C'est nouveau. Cela les excite et les inquiète. Eugène, lui, est né dans la rudesse : soit c'est utile et on s'en sert, soit c'est inutile, voire nuisible, et on s'en débarrasse. Elles finissent par se rendre à son avis.

Des œufs se mettent à disparaître chez nous chaque nuit et Rose cette fois est excédée. Elle maintient les soucoupes de pain mouillé pour piéger la bête, ce n'est plus un jeu, il y a de la colère, celle de se faire voler, celle de ne pas comprendre surtout. La journée, nous oublions, il y a trop à faire dans le jardin ou dans les bois ; le soir, en comptant les œufs, Rose s'écrie. Lorsque ses jambes ne lui font pas trop mal, elle s'adosse aux planches du mur et attend dans la grange jusqu'à ce que la nuit tombe, mais sa présence est lourde et bruyante, elle reste jusqu'à ce que je vienne et que je la regarde et qu'elle me dise oui je sais.

Donc Rose sait. Que tout cela est stupide et prend trop de place dans sa tête, qu'elle n'aura pas la bête.

Il n'empêche. Elle y retourne dès l'aube et nous nous croisons au moment où je monte attendre Eugène et son cheval. Lorsque je reviens, elle dit triomphalement que la soucoupe était vide, et je ne vois pas ce qu'il y a d'extraordinaire, vu que de toute façon la bête vient pour nos œufs ; et puis elle échappe chaque fois, se moque, ne laisse que la marque de son corps dans le vieux foin tassé. Cela exaspère Rose, il y a une sorte d'acharnement ridicule chez elle, elle ne sait pas chasser, pas se mettre à l'affût. Elle cherche dans les coins, dans les cachettes faciles, consciente qu'un animal filera si elle s'approche un tant soit peu de son refuge. Mais rien ne bouge et elle repart déçue avec sa soucoupe vide. Elle pense que c'est idiot de gâcher cette petite portion de pain noir, mais c'est grâce à cela que la bête s'est installée chez nous, que nous avons une chance de la coincer. Alors elle recommence.

Une nuit, elle s'éveille avant que les chiens aboient. C'est comme une intuition. Elle guette les gémissements des molosses attachés, le va-et-vient de leurs pattes sur la terre, quelque chose en elle sent peut-être que cela va venir. Alors, prise d'un élan insensé, elle se lève, jette un fichu sur ses épaules et sort. Je la suis malgré ses avertissements – si je fais un geste, si je fais un bruit, mais je ne ferai rien. Elle marche en silence et les chiens interloqués continuent à se taire en la regardant traverser la cour. Au bord de la grange, nous nous immobilisons. Il y a cette pensée du danger, des rôdeurs, des mauvaises gens, tout ce qui peut traîner par ces temps de misère. Rose a pris la fourche même si cela ne la rassure guère.

Nous nous plaçons tels des soldats immobiles et invisibles et nous attendons. Quand on attend, le temps semble toujours distendu et les repères m'échappent. Je me suis assis. Je fais comme elle a dit : je ne bouge pas. J'écarte seulement les yeux pour essayer de mieux voir et je ne sais pas combien de temps passe.

Et puis il y a le bruit. Chuintement. Une présence qui se coule peut-être. Un souffle, une mastication effrénée régulièrement interrompue par ce que je suppose être des sursauts, mais je distingue mal, rencogné derrière le mur, je sais juste qu'il y a une présence. Par réflexe, Rose a plié le bras pour gagner de la force avec la fourche. Elle se penche avec une lenteur infinie, tant par crainte que l'animal s'échappe que par peur tout court, car cela monte en elle, si c'était plus qu'une bête. Je me baisse en même temps. Nous ne sommes pas seuls. Nous sommes elle et moi. Elle avance dans des gestes d'une lenteur terrible, l'outil en l'air. C'est à ce moment-là qu'elle se met à trembler tandis que son regard entraîné vers l'avant balaye l'endroit où elle a posé la soucoupe et qu'elle suspend son mouvement, lâchant la fourche de surprise. Cet instant où elle identifie dans un éclair la petite silhouette repliée au-dessus du bol et qu'un bond éloigne avec un rauquement qui n'a rien d'un miaulement. Et Rose m'agrippe, me serre, inutilement, je ne bouge pas.

Stupéfaits, elle et moi.

C'est bien plus gros qu'un chat.

Plus sauvage mais aussi tellement plus familier, et je me fige, la voilà la chose, et à cet instant je comprends ce qui enflait autour de nous, je comprends pourquoi je sentais que ma vie pouvait basculer, pourquoi elle a déjà changé, balayée, explosée en une ou deux ou trois secondes, et que je me suis trompé. Ce n'est pas mauvais, ce qui arrive, c'est juste insensé.

Face à nous, immobile dans les ténèbres comme si elle avait pu se rendre invisible et les lèvres retroussées sur des dents de lait, se tapit une petite fille.

DEUX

Cela fait deux ans presque trois que Madelaine est entrée dans nos vies. Je me souviens encore de la nuit où Rose et moi l'avons attrapée – car il n'y a pas d'autre mot pour décrire ce que nous avons fait à ce petit animal sauvage qu'aucune parole n'aurait pu raisonner : devant sa vivacité et sa panique, Rose a lancé une vieille couverture sur sa tête et, une fois qu'elle a été empêtrée dedans, nous nous sommes jetés sur elle. Nous l'avons capturée. Nous avons attendu qu'elle se fatigue, qu'elle s'étouffe, qu'elle s'immobilise. Ensuite nous avons pu l'emmener – la traîner serait plus exact – jusqu'à la maison et Rose a fermé le verrou derrière nous et nous l'avons regardée.

Nous n'avions pas la moindre idée d'où elle arrivait. Elle ne parlait pas. Elle se contentait de nous observer avec des airs farouches et de sortir de sa gorge des sons qui appartiennent aux bêtes. Je sais que Rose s'est demandé un instant si elle avait bien fait, si ce que nous avions devant nous était réellement humain. Cela ressemblait au diable. Cela crachait et sifflait comme un serpent en colère, et pourtant elle était adorable cette petite fille, nous en étions conscients tous les deux, un joli visage tacheté de rousseurs et de crasse oui.

Pendant sept jours nous l'avons gardée cloîtrée. Jamais la maison n'avait eu sa porte si souvent fermée. L'enfant connaissait les habitations nous l'avons compris. Elle connaissait aussi le langage, assez mal, mais des mots lui sont venus. Rose disait que c'était sûrement une fille de faim, c'est ainsi que nous les appelions, ces petits qui s'étaient retrouvés sur les routes ou dans les forêts après que leurs parents avaient crevé des famines, et que personne ne voulait récupérer, c'était trop difficile de prendre une bouche de plus, on se nourrissait soi-même à grand-peine. C'est comme cela que Rose a eu raison de la petite, la nourriture, comme cela qu'elle l'a gagnée, en trois jours pas plus, l'enfant lui mangeait dans la main. Moi je n'avais rien à lui donner. Et pourtant le lien le plus immédiat et le plus fort, celui qui resterait à jamais, même après que Rose eut cédé la petite à Ambre, était entre elle et moi. Je l'avais su au premier coup d'œil et j'ai vu qu'elle savait aussi : nous étions pareils. Nous étions sauvages. Nous étions à part. On pouvait bien nous domestiquer et nous éduquer, il resterait cette part d'incertitude, le morceau de nous prêt à éclater à chaque instant, il y avait dans ses yeux et dans les miens cette petite flamme pas tout à fait droite, pas tout à fait nette, que personne ne contrôlerait.

Et j'ai crié longtemps quand Rose a emmené l'enfant chez Ambre une quinzaine après son arrivée, j'ai gémi comme si on m'enlevait une partie du cœur, nous étions déjà amarrés l'un à l'autre. Nous ne pouvions pas garder la petite, disait Rose. Rose était trop vieille. Il fallait une mère, pas une aïeule, pas un ami, et pourtant les premières semaines où elle a été en haut, l'enfant se sauvait pour me rejoindre. Nous reprenions nos jeux là où nous les avions laissés la veille, nous roulions ensemble dans l'herbe. Des fils d'Eugène, je m'étais lentement éloigné, ils étaient mis au travail, nous nous retrouvions parfois le soir quand la nuit n'était pas encore tombée et qu'ils n'étaient pas trop fatigués, mais la petite.

La petite se tenait là toujours.

Elle me passait un bras autour du cou et nous faisions des cabrioles, nous courions aussi vite que nos souffles le permettaient et je la battais chaque fois, elle ne m'en voulait pas, elle éclatait de rire. Souvent elle tombait – elle était sans mesure, elle ne s'arrêtait pas si le chemin descendait trop sous nos courses effrénées, si des cailloux lui cognaient les pieds, si la terre glissait après la neige. Elle tombait et elle se relevait. Je l'attendais. Nous repartions en chœur, nous allions trop loin, Rose me disputait. Je l'entendais m'appeler mais il restait un peu de soleil glacé, un peu de jour d'hiver, nous profitions du monde, je ne répondais pas.

Ambre l'a appelée Madelaine.

Ambre est devenue mère d'un coup – Rose n'a pas cédé à mon chagrin.

Elle s'est moquée des regards lorsque la première fois elle a amené la petite avec elle au village, et elle a dit voici ma fille. Tout le monde savait qu'Ambre n'avait pas d'enfant, que celle-ci n'était pas la sienne. Juste une étrangère – au Pays Arrière, personne ne manquait et il s'est fait aussitôt mille chuchotements sur l'origine de la petite, mille suppositions sur son visage qui ressemblait pourtant à celui d'Ambre avec cette finesse, cette beauté qui déjà se dessinait. Sûrement on a entendu le mot de sorcellerie quelque part et on l'a tu bien vite, ce mot porte malheur, les femmes qui l'avaient prononcé l'ont ravalé et après quelques semaines ou quelques mois on a pris l'habitude de la mouflette sur les talons de sa mère – puisque chacun a admis qu'Ambre était la mère c'était plus facile. En un mot, un jour Madelaine a été là, c'était tout.

Je crois qu'Eugène en a souffert. Cela ne se dit pas, souffrir d'un enfant, et pourtant dans ses grands yeux j'ai vu tant de détresse, tant de bonheur obligé, pour Ambre, et lui pour la première fois en dehors de tout ça. Il faut dire que le jour où Rose et moi sommes montés avec la petite en cadeau, Ambre était seule. Léon faisait ses sabots au village, ou il les buvait, enfin Ambre après le départ de Rose, Ambre restée avec l'enfant n'avait personne à qui dire, personne pour recevoir sa joie en plein visage et cette joie il fallait qu'elle la sorte, qu'elle la crie, qu'elle la chante. Eugène a été le premier à venir. Il avait fini plus tôt sa journée avec Jéricho, il marchait d'un pas las en remontant le chemin. Il était heureux, il avait du temps, un peu plus que d'ordinaire, du temps pour s'arrêter près d'Ambre. Et Ambre était là et avec elle une petite silhouette toute neuve.

Moi aussi j'étais là. Rose m'avait dit de rester pour que l'enfant ne s'échappe pas, qu'elle ne coure pas sur nos talons, qu'aussitôt lâchée en haut on ne la retrouve pas chez nous. Tant de choses avaient été bouleversées ces jours-là. Je n'attendais plus Eugène le matin, la petite prenait toute mon attention, occupait tout mon temps. Au début, quand Rose avait rouvert la porte de la maison, elle m'avait chargé de la surveiller. Nous pouvions aller, mais je devais être avec elle. Je devais la protéger. Je devais la ramener. Je n'avais plus le temps d'accompagner Eugène et je les ai oubliés, lui et le grand cheval, tant la compagnie de la petite me comblait. Eugène l'avait remarqué, lui. Le premier matin où je l'ai recroisé, il m'a caressé la tête, il a eu l'air étonné. J'aimais bien son sourire, un peu moqueur un peu gentil, il a dit, tiens tu es là, toi ?

Donc oui j'étais là, et aussi quand Ambre a tenu la main de l'enfant en attendant Eugène, ce jour où j'ai saisi au vol le regard de cet homme, le même que lorsque les bras d'Ambre enlacent Jéricho : comme un pincement dans le cœur, mais plus que cela, il lui est venu un vertige et il a dû tendre le bras pour chercher l'appui du muret de pierres. Ambre a lâché la petite pour le soutenir et l'adosser, et au fond de lui c'était ce que désirait Eugène, qu'elle soit à lui, qu'elle soit pour lui, il avait déjà compris que tout allait changer. Ce jour-là, il a passé ses mains sur son visage pour cacher la confusion qui dansait dans son sang, gagner un peu de temps, calmer sa tête qui titubait. Les doigts tièdes d'Ambre ont caressé les siens en essayant de voir à travers, qu'y a-t-il, a dit la voix basse et douce, qu'arrive-t-il.

Eugène n'a pas été préparé. Il n'a jamais imaginé que la vie puisse être autrement que les dix années précédentes, elle et lui, et les autres à côté, l'équilibre s'est rompu soudain. Mais Eugène est d'ici, il connaît le sort, il est soumis au destin. Il sait qu'il est inutile de lutter, le destin il faut s'y soumettre et vite, sans quoi on perd tout, lutter est souvent pire que plier. Alors il a souri à Ambre et Ambre est venue dans ses bras, c'était une impulsion, un emportement, elle pour la joie et lui pour la peur. Ils se sont tenus serrés comme un adieu, Eugène a tout reçu en une seule fois, la joie le doute l'espoir. Il est parvenu à saisir Ambre aux épaules avant de repartir, parvenu à dire que c'était bien, qu'il fallait apprivoiser le petit chat qui n'en était pas un, qu'on verrait après.

Je ne sais pas ce qu'on verra après. Je sais que Léon n'a pas eu son mot à dire non plus, quand il est rentré du village avec son haleine lourde et qu'il a trouvé l'enfant dans les bras d'Ambre et que tout était déjà trop tard, Ambre avait montré la petite à Eugène, puis à Aelis. À ce moment-là, il n'est même pas certain qu'il ait compris ce qui arrivait, il tremblait un peu, vacillait sur le banc où Ambre l'avait assis pour lui expliquer. Il la regardait puis regardait l'enfant comme s'il se demandait si c'était un double et pourquoi elle ressemblait si peu, mais quand même, enfin il a dit d'accord et on ne saura jamais à quoi il a acquiescé puis Madelaine est entrée dans la maison et n'en a plus bougé.

Le même jour, plus tôt, Aelis est venue. Aelis avec ses yeux écarquillés, traversant la cour en hâte parce que Eugène lui avait dit. Aelis tapant à la porte avec sa voix qui tremblait, ses mots soufflés – une petite fille, une petite fille. Son rêve à elle. Ambre l'a emmenée doucement, il fallait faire attention, l'enfant était sauvage et timide, mais nul besoin de le dire, Aelis s'est assise à l'entrée de la pièce, à même le sol, elle a vu la petite et son visage s'est illuminé. Elle a ri tout bas, un rire limpide, Ambre a pensé à leurs jeux lorsqu'elles étaient enfants, près du fleuve, un rire clair comme ça. Elle s'est installée à côté de sa sœur. Elles ont regardé Madelaine qui ne s'appelait pas encore Madelaine.

J'aurais donné mes fils pour avoir une petite fille, a dit Aelis en prenant la main d'Ambre.

Et la voilà.

Madelaine en grandissant a gardé ses taches de rousseur sur le nez et certains jours au bord du fleuve où nous n'avons pas le droit d'aller, je la regarde qui les frotte avec de l'eau pour les enlever. Elle sait que cela ne partira pas. Elle le fait quand même. C'est à cause de Léon qui se moque d'elle. Léon lui dit qu'elle a des crottes sur le visage.

Madelaine n'aime pas Léon. À cause du vin. C'est venu très vite. Au début nous avons cru que Léon s'était corrigé, il a eu des ailes pour la petite, il s'est senti responsable, il s'est levé tôt, remis à tourner des sabots jusqu'au soir. Mais ça a été très court, peut-être deux ou trois semaines, le temps de remplir un peu la bourse qu'Ambre cachait dans des chiffons, le temps que la présence de Madelaine devienne ordinaire. Nous ne savons pas ce qu'il y a eu, une contrariété, une dispute, ou juste le manque, un jour Léon est parti travailler et il est rentré ivre. Ambre s'est dit ça y est ça recommence.

Quand elle le voit au loin remonter le chemin en rentrant du village, Madelaine tient la tête haute et renifle fort. J'aime ses attitudes encore animales, son caractère buté et rancunier, à d'autres moments sa gaieté sans limites. Elle n'a pas pardonné à Léon la gifle tentée un jour qu'elle s'est approchée pour humer l'odeur du vin à sa bouche, une odeur étrange, acide, qui lui a fait plisser le nez, et Ambre l'a reculée d'un geste brusque en lui évitant de justesse la taloche que Léon agacé jetait vers elle. C'étaient les premiers temps où Madelaine était là, elle n'avait aucune manière ni retenue et il avait fallu plusieurs jours à Ambre pour la calmer et la tenir autour de la table quand Léon s'y trouvait.

Aujourd'hui Madelaine arrive à se freiner mais elle a en elle ces réflexes sauvages qui tardent à s'effacer, des gestes féroces. Ambre a souvent peur pour elle parce qu'elle reste petite et plutôt frêle. Moi je ne vois pas pourquoi il faudrait avoir peur pour elle, quand nous chahutons et que parfois nous nous énervons, nous luttons comme des enragés, nous nous mordons, nous nous griffons et cela laisse de longues stries rouges sur la peau de Madelaine, des marques sanguinolentes à mes oreilles. Madelaine un jour a crevé l'œil d'un des chiens de Léon qui l'avait pincée au bras. Il n'y a pas moyen de la contenir : c'est dent pour dent, c'est la loi du plus fort. Sans doute a-t-elle survécu avec cette nécessité et cela reste inscrit dans ses entrailles. Mais une petite fille ça ne se conduit pas de cette façon, et Ambre a longtemps essayé de lui faire entendre raison. À l'usure, à défaut de la punir pour qu'elle comprenne. La mettre dehors. Ouste. Elle claque la porte sur la petite qui se retrouve seule et sans abri, comme avant.

Madelaine hurle. Elle crie, elle gratte le bois en suppliant qu'on lui ouvre. Elle s'arc-boute sur le loquet. Je ne sais pas comment Ambre tient derrière la porte, comment elle résiste, si c'était moi je l'ouvrirais cette porte, je ne supporterais pas les gémissements de la petite qui me retournent le cœur. J'imagine Ambre et les larmes dans ses yeux, elle sait qu'il ne faut pas céder, la douceur n'a pas de prise sur la fureur. Je l'imagine et son visage défait est posé contre la porte, ses yeux fermés, ses poings serrés.

Alors Madelaine s'en va. Seule la campagne finit par l'éreinter, par apaiser sa rage, et elle court dans la forêt, elle frappe les arbres avec des branches, les brisant l'une après l'autre, elle arrache la terre à mains nues. À un moment je la rejoins. Il ne faut rien dire il ne faut pas parler, juste nos regards, cela suffit. Viens, me dit-elle, et je sais que c'est gagné. Au début elle me tournait le dos. Je la suivais parce que j'avais toujours en tête les paroles de Rose, qu'il fallait la protéger, elle se tournait vers moi et disait des injures, je l'accompagnais quand même. Elle m'ignorait et pourtant, de loin en loin, je la voyais qui guettait du coin de l'œil si j'étais toujours là. J'étais toujours là. Les amis sont faits pour cela. Les amis n'abandonnent pas. Nous finissions par nous asseoir l'un contre l'autre, elle se serrait contre moi. Je ne bougeais pas, pour que ces instants durent le plus longtemps possible.

Les fugues de Madelaine sont des heures bleues. Le bleu est la couleur du bonheur, dit Rose. C'est le ciel qui promet, c'est l'eau qui nous désaltère, c'est un reflet sur un nuage qui nous fait sentir étrangement bien. Alors je suis d'accord pour le bleu. Celui des fleurs sauvages. Celui de l'iris de Madelaine quand elle me regarde et qu'elle se met à rire, et que son rire ressemble à la rivière là où il y a la petite cascade, avant d'arriver au Basilic, quand nous sommes déjà loin d'ici. Je voudrais dire à Rose, les jours où nous rentrons trop tard, que c'est à cause du bleu que nous étions partis, c'est le bleu qui nous appelle, peut-être que l'horizon aussi a une couleur. Nous marchons côte à côte et nous écoutons le monde. Seul le bruit de nos pas sur les feuilles du sous-bois nous rattache à la réalité – sans quoi nous volerions, tels des oiseaux fugueurs, nous irions haut dans le ciel et nous aussi nous aurions des ailes bleues. Personne ne sait jusqu'où nous allons. Nous ne sommes plus là.

Et puis c'est le soir, nous rentrons et la vie nous reprend.

Les cris d'Ambre qui croyait Madelaine perdue. Les cris de Rose parce que je ne l'ai pas ramenée, et pourtant si, je l'ai ramenée, pas à temps c'est tout, pas assez tôt pour l'inquiétude. Nous sommes ainsi.

Puisque Madelaine s'échappe souvent, Ambre lui met bientôt un couteau entre les mains. C'est dangereux de donner cela à une fille comme Madelaine mais Ambre dit que c'est moins risqué que de la laisser sans défense sur les chemins et dans les forêts. Depuis que nous avons rapporté deux poissons écorchés du grand fleuve, Ambre a compris que nous courions beaucoup plus loin qu'elle avait imaginé. Madelaine perd le couteau en quelques jours.

Alors Ambre demande à Eugène, Eugène qui ferre le grand cheval à la forge, elle demande un morceau de métal et il fabrique une hachette, une arme de guerre mais pour une petite fille, un peu trop lourde, Madelaine grandira. En voyant la hache, elle s'éclaire. Nous ne saurons jamais pourquoi l'outil lui semble si immédiatement familier, pourquoi elle l'attache à son côté et ne la quittera plus. Elle apprend à s'en servir, s'en sert pour tout, même ce qui n'a pas besoin de hache. Elle est d'une habileté effrayante, l'arme est un prolongement d'elle-même. Eugène lui montre comment l'affûter, comment obtenir un fil plus coupant que le plus coupant des couteaux. Elle taille des petits morceaux de bois en biais pour que je voie. À présent elle est capable de ficher l'arme dans un arbre à cinq mètres, ou dix, de tailler des flèches et des lances avec une facilité déconcertante, de réaliser, pour étonner ses cousins, un numéro de moulinets et d'incroyables mouvements où elle semble danser avec sa hache, la maniant avec une rapidité dérangeante, dans lesquels ils font corps, l'enfant et l'arme, brillant au soleil et déchirant l'air en criant de joie. Parfois on les entend, Germain et Madelaine, dévorés d'une allégresse exaltée l'un par le labeur et l'autre par les tourniquets de son arme, et c'est leur rire qui traverse la forêt, traverse le pays, dans les champs qui bordent le village, les paysans lèvent la tête.

Nous continuons à errer Madelaine et moi, des fugues lointaines malgré nos corps maigres. Nous avons ce feu en nous. Nous voulons être forts. C'est Madelaine qui le dit : nous n'avons peur de rien. Quand nous entendons les Ambroisie qui chassent, nous nous cachons mais ce n'est pas de la peur. L'odeur du danger nous excite. Nous nous roulons dans l'humus pour nous masquer à la truffe des chiens, nous descendons notre respiration dans la terre. Nous devenons des feuilles, de la boue, du terreau. Nous avons des parfums de champignons et de fumier. Nous suivons les chasseurs dans l'espoir absurde qu'ils nous laissent un animal que nous pourrions manger ; mais ils les emportent toujours au flanc de leurs chevaux, et parfois, embusqués derrière des buissons épais, nous les voyons passer avec cette nourriture qui bat au galop des cavales. Je voudrais me jeter, Madelaine m'arrête d'un geste.

J'ai envie de viande. Une envie folle, gigantesque, dévorante. Madelaine dit que si nous ne l'avions jamais goûtée, elle ne nous manquerait pas. Oui mais. Je me souviens des morceaux de cochon, d'une poule volée aussi, pas ici, et même de l'odeur des souris braisées, et la tête me tourne. Si Madelaine me laissait sauter sur les chevaux des chasseurs, je ne prendrais pas seulement les lièvres et les chevreuils, je prendrais les étalons eux aussi, avec leurs croupes rondes, des étalons mieux nourris que nous, qui mangent notre blé, notre pain, notre son. Je pense à cette chair tendue sous la peau, à ces quartiers que cela ferait, à nos dents resserrées dessus et aux gigots sur la broche. Ces dernières années, les récoltes ont été moins bonnes, nous avons moins à manger dans nos gamelles, et rarement de la viande. Forcément cela aiguise mes sens, cela me tourne la tête. Le fil sur lequel nous nous tenons est au bord de la rupture mais tant que nous pouvons remplir nos ventres, tout juste les remplir, je regarde ailleurs, peu à peu la convoitise s'apaise – nous ne mangerons pas les chevaux des Ambroisie. Au village, aucun de nous n'ose se dire que nous sommes secs et noueux, tandis que les maîtres sont en chair. Là encore, c'est l'ordre des choses. Il suffit de ne pas y penser. Parfois je me demande comment les paysans peuvent bêcher, sarcler, retourner la terre, faucher, rentrer les récoltes, avec une nourriture si pauvre. Quel feu leur permet de tenir, quelle nécessité les emmène au-delà de leurs forces. La réponse est dans le noir de leurs cernes, dans le creux de leurs yeux, l'épuisement, la fatigue, l'usure. Ils ne valent guère mieux que les bœufs que l'on pique pour les obliger à avancer jusqu'à ce qu'ils s'écroulent, et ils rentrent le soir en traînant les pieds, en traînant les bras, le regard vide, ils s'attablent, ils s'endorment en même temps que les enfants. Les femmes veillent entre elles, et pourtant les journées ne les épargnent pas : s'occuper des enfants trop petits pour aider aux champs, qui courent dans leurs jambes ou s'accrochent à leurs robes, s'employer aux maisons et aux innombrables corvées de lavage, de ménage, de ravaudage et de cuisine, mais aussi régner sur la basse-cour, nourrir les volailles et tout ce qui reste dans les cours ou dans les étables, les cochons, les biques, les moutons pour ceux qui en ont. Sans compter les heures passées au potager et au travail de la terre lorsque les hommes les appellent, lorsque la saison l'exige, et qu'il faut davantage de bras.

Quand je reviens le soir, je sais la chance que j'ai. Rose ne quitte pas sa maison et la pièce est toujours tiède, la soupe est toujours prête. Nous mangeons, je me contente des restes. Je ne veux pas m'habituer à bien manger, enfin mieux que d'ordinaire. Parfois oui, n'y tenant plus, un morceau de lard trop dur ou un œuf volé aux poules. Mais le ventre ne doit pas croire que c'est gagné. Il ne doit pas penser qu'on ne lui verra plus les côtes parce qu'un jour il y avait une tranche de cochon, on ne sait pas de quoi demain sera fait. Les autres, pour agrémenter les jours, les autres braconnent. Ils ont bien raison. Rose ne braconne pas. Elle ne sait pas. Elle n'a plus l'âge. Il n'est pas rare qu'on lui apporte un oiseau tout juste tué en échange de ses onguents ou de ses soins, un merle, une grive, un pigeon. Mais, d'une façon générale, nous mangeons mal et peu. Je pourrais dire que nous mangeons juste ce qu'il faut. Pas plus. Jamais plus.

Déambuler dans la forêt occupe nos journées vides. En cette saison d'hiver, nous ne pouvons guère faire mieux. Ramasser des bois morts lorsque le temps le permet mais, la plupart des matins, les branches sont soudées les unes aux autres par la morsure du gel, nous n'arrivons à les défaire qu'en tapant dessus avec d'autres morceaux de bois. Les mains de Madelaine saignent à cause des gerçures. Ambre les emmitoufle dans des chiffons usés, passe un peu de saindoux le soir. Il fait si froid que les villageois ont troqué leurs sabots rigides contre des chaussures en cuir à triple lacet, des bottines souples dans lesquelles ils mettent du foin, pourtant rien n'y fait, les pieds sont gelés et les chaussures trempées, nous les mettons devant la cheminée pour les sécher et le cuir se fend trop vite.

Pour nous, comme chaque hiver, le froid est aussi une retrouvaille. Germain, Artaud et Mayeul ne travaillent plus, ni chez leur père, ni sur les terres des Ambroisie, les champs sont figés. Les maîtres occupent les adultes mais les enfants ont été renvoyés chez eux : on ne veut pas les nourrir pour rien. Autant, jusque-là, ils servaient à de menues tâches de nettoyage, de ramassage ou de cueillette, des travaux éreintants qui demandent toutefois moins de force, autant lorsqu'il s'agit de faire l'aumône, on n'en veut plus, même Germain et sa volonté colossale. Tout le monde est rentré. Ainsi, malgré le gel qui nous glace les corps, nous retrouvons-nous chaque jour pour vaquer dans les bois. Nous sortons moins longtemps que les étés bien sûr. Germain dit que nous sommes comme les bêtes, notre rythme ralentit, nos corps dorment un peu, à leur façon, engourdis et fragiles. Et nous avons une quête : nous devons rapporter à manger. Un prétexte à nos jeux et à nos courses, toujours un peu plus loin, comme si nous avions épuisé les ressources de la terre autour des Montées et qu'il faille aller au-delà pour trouver des herbes, des baies encore comestibles, un petit animal que nous essayons d'attraper. L'idée de rentrer plus tard et de trouver dans nos maisons un feu vif et un morceau de pain suffit à nous rendre joyeux.

Nous arpentons les collines boisées en soufflant nos haleines à peine tièdes, et nous courons pour nous réchauffer, nous faisons mine de nous battre, nous enlevons le givre de nos paupières. Bien sûr qu'il faut trouver à manger, mais cela ne nous empêche pas de jouer, de ne penser à rien, de regarder le monde. Certains après-midi, lorsque le ciel est bleu et que le soleil nous aveugle à se refléter sur la neige, nous entendons crier un oiseau et nous savons que nous ne sommes pas seuls.

Madelaine et Germain marchent souvent en tête à la recherche de tout ce qui peut se dévorer ou être utile à la maison. Ils sont les plus acharnés et les plus ardents. Artaud, Mayeul et moi sommes les suiveurs. Nous portons. Nous aidons. Ils nous envoient vérifier, tirer, ramasser, rapporter, et nous allons. Cela nous convient. C'est en rentrant, au moment où depuis la forêt nous apercevons nos fermes, que nous nous bagarrons à la poursuite. Nous nous regardons tels des animaux de course tenus au départ, piétinant et renâclant, nous guettons le premier qui part. Nos yeux fous balaient à gauche et à droite, scrutant le signal, mais personne n'ose, nous attendons le meilleur moment, la surprise, qui nous permettra de prendre un pas ou deux ou cinq d'avance. Nous nous bousculons souvent. Germain heurte les épaules de Madelaine et d'Artaud, les retient – ils le tirent en arrière, tournent autour de lui, tressaillent. Mayeul et moi restons en retrait, nous ne les intéressons pas. Lui parce qu'il est plus petit et qu'il ne gagnera jamais ; moi parce que, quoi qu'il arrive, je suis le plus rapide. Ils secouent la tête, ils disent que ça ne compte pas. Celui qui a gagné est celui qui arrive en premier après moi. Cela n'a pas d'importance. À un moment, nous lâchons tout ce que nous avions trouvé, nous reviendrons chercher nos maigres trésors, le défi nous déborde : et nous courons. Le premier qui touche le muret au bord du chemin, de l'autre côté de la cour des fermes d'Eugène et de Léon.

La cavalcade nous essouffle, fait monter nos voix. Une fois au mur, Germain rit d'un rire tonitruant, il dit toujours qu'il a gagné même quand c'est Madelaine ou Artaud, mais le plus souvent c'est lui, il est plus massif oui, et aussi plus grand. Lorsque les deux autres arrivent à le déséquilibrer au départ, ils ont une chance. Je les écoute tandis que nous revenons sur nos pas prendre nos petits sacs aux trois quarts vides. Leurs voix sont animées. Ça monte dans l'air, ça ressemble aux ruisseaux quand ils ne sont pas gelés, au blé d'hiver quand l'hiver lui permet de pousser.

Le plus souvent, nous passons devant la ferme d'Ambre en premier. Madelaine s'élance, nous entendons le cri. Chaque fois, Ambre l'enlace, la presse contre elle, fort, au début elle la levait dans ses bras et la faisait tourner, juste pour entendre le rire de la petite, mais à présent Madelaine est un peu plus grande et un peu plus lourde, Ambre pouffe, elle ne peut plus. Alors elle la serre. Je regarde toujours. Je ne crois pas qu'aucun de nous ait jamais été serré de cette façon. Peut-être parce que Madelaine est une fille, et que nous ne sommes pas des filles. Aelis aussi étreint la petite. Germain hausse les épaules, ce sont des habitudes de femmes, dit-il, il y a une pointe de jalousie dans sa voix. Et pourtant qu'en ferait-il, de ces embrassades, si sa mère les lui prodiguait, sinon se détourner d'un air gêné, les autres se moqueraient, et si elle les câlinait tous, ils se soustrairaient, ils ne sont plus des enfants, pensent-ils.

Ni des filles, donc.

Madelaine est sauvage et tendre. Elle se blottit, elle enlace, elle embrasse. Puis d'un coup elle se sauve. Elle retourne à son monde. Elle saisit un bâton et nous menace si nous ricanons, assis sur le mur un peu à l'écart, nous faisons bloc, jamais longtemps, nous reprenons nos jeux avec elle. Aelis et Ambre nous regardent. La regardent. C'est difficile de savoir vraiment. La seule chose dont je sois certain, c'est qu'elles ne nous ont pas contemplés de cette façon tant que nous étions Germain, Artaud, Mayeul et moi. Alors. Nous pourrions ressentir de l'aigreur, mais il y a trop de joie, trop d'élan chez la petite pour que nous lui en voulions. Il n'y a qu'un mot que personne ne dit et pourtant c'est lui qui nous lie depuis ces années : nous nous aimons, voilà tout. Chacun pense qu'il aime, ou qu'il est aimé, plus que les autres. À cela il n'y a pas de réponse. Nos relations sont des fils tissés, croisés, qui vont de l'un à l'autre. Si cet amour était une toile d'araignée, nous serions les mouches prises dedans, mais nous ne mourrions pas. Ce serait une toile pour nous tenir ensemble, pas pour nous dévorer.

Madelaine est une fille pour Ambre et Aelis. Elle est leur fille à toutes les deux. Elles la partagent, elles se la passent de bras en bras, de baisers en câlins. Il y a un morceau de Madelaine pour Ambre, et un pour Aelis. Leur complicité se renforce par elle, leurs mains sont ouvertes pour elle. Avec nous, c'est autre chose : le plus beau compliment que nous puissions lui faire, c'est que Madelaine est notre frère. Frère d'armes, frère de bois, de jeux, de courses. Nous ne faisons pas de différence entre elle et nous, et c'est ainsi qu'elle grandit, bousculée, chahutée, cognée autant que nous, puisqu'elle est dans nos étreintes, dans nos luttes, dans nos bagarres, nous nous méfions d'elle, elle est la plus teigneuse de nous tous. Parfois Germain la malmène un peu trop fort. Il fait comme si ce n'était pas exprès. Je la vois qui ravale ses larmes, qui ravale ses poings. Elle cherche un moyen de l'atteindre. S'il était un ennemi, elle trouverait comment le tuer, là tout de suite, la flamme vacille dans son regard. Mais ce n'est que Germain et elle n'a pas de solution qui ne fasse pas mal, elle ronge son frein, les fils d'Eugène ne mesurent pas la violence qu'elle refoule au fond d'elle à ces moments-là. Peut-être Artaud, qui attend que ça redescende, qui épie les traits de la petite. Après, quand cela devient possible de l'approcher, il passe un bras autour de ses épaules. À voix basse, il dit qu'elle est sa préférence.

La forêt est notre terrain de jeu, pourtant nous jouons moins. Est-ce parce que nous nous acheminons doucement vers l'âge adulte ? Parce que nous ressentons davantage la dureté de l'existence, qui grignote notre énergie, qui use nos forces ? Ce qui nous reste d'élan, nous le mettons dans le travail et dans l'utile. Nos courses et nos bousculades deviennent des missions : toujours les mêmes, de quoi manger un peu mieux, de quoi remplir l'âtre de bois mort. Lorsque le fourrage fait défaut en fin de saison, Mayeul et Madelaine emmènent les deux cochons à la glandée. Mais il arrive de plus en plus souvent que les fils d'Eugène, et même Madelaine, ne quittent plus les fermes où il y a tant à faire. Réparer, nettoyer, nourrir, chercher de l'eau, retourner les potagers, ces petites tâches mises bout à bout nous occupent de l'aube au crépuscule. Les journées défilent, moroses. Nous nous retrouvons en fin d'après-midi, avant que la nuit tombe. Quand la fatigue n'a pas raison de nous, nous filons dans les bois. La forêt ravive notre enfance. Madelaine s'arrête, ouvre les bras, tournant sur elle-même. Elle retrouve le calme des grands arbres. Il n'est pas rare que nous nous asseyions quelques instants en silence, moins par épuisement que pour nous fondre dans ce lieu si familier, la forêt est notre jardin, notre pays, nos racines.

Madelaine nous emmène. Elle va trop loin. Germain lui rappelle, nous ne devons pas dépasser la clairière des vieux hêtres, la petite s'en moque, elle avance, elle veut voir le château, le bois la protège. C'est à cause de la chasse que les fils d'Eugène hésitent. Ils imaginent les gens d'Ambroisie lancés sur leurs chevaux, qui ne nous laisseront pas le temps de nous cacher. Si nous nous trouvons sur leur trajectoire, les cavaliers ne s'arrêteront pas. Il en va des hommes comme des champs cultivés : leur importance est moindre que le plaisir des maîtres. Madelaine hausse les épaules. La forêt n'est pas interdite. Germain sait que ce n'est pas une question de droit, simplement de danger, nous pouvons nous avancer mais ce sera à nos risques et périls, il ne veut pas avoir l'air d'un couard, il marche devant Madelaine. Je vois à la tension de ses traits qu'il écoute les bruits du monde. Nous avons tous entendu parler des accidents. Des paysans, souvent femmes ou enfants, renversés par les chevaux, piétinés, écrasés.

Et pourtant la forêt nous excite. Là où les nôtres ne s'aventurent pas, elle a davantage à offrir. Le bois n'est pas ramassé, ni les champignons, ni les baies, et à la belle saison nous trouvons parfois des fruits sauvages, pommes ou prunes, et nous remplissons nos besaces, les yeux brillants, le cœur qui bat même si aucun de nous ne le dit. Nous avons des gestes de voleurs, rapides, saccadés, comme si le temps nous était compté dans ces endroits-là. Nous faisons des incursions, nous ratissons tout ce que nous pouvons. Puis – il n'y a pas d'autre mot – nous fuyons. Lorsque nous avons rejoint un lieu plus sûr, plus proche de nos fermes ou de notre village, Germain se met à rire. Nous sautons sur place, nous avons vaincu, sans savoir quoi, nous pensons au moment où nous déposerons nos trésors sur la table. Le contentement des femmes – Rose, Aelis, Ambre. Sans Madelaine nous ne serions jamais allés, mais cela, nous ne l'avouons pas.

Aujourd'hui est un jour de pluie. L'air s'est radouci et le crachin mouille nos épaules et nos dos depuis le matin. La terre colle aux pieds et nous avons abandonné nos parcelles vides, le labour se fera plus tard, le printemps est loin. Personne n'avait vraiment envie de courir en forêt mais les heures s'égrènent trop lentement dans les maisons sombres, nous tournons en rond. Je suis sorti le premier et j'ai rejoint Madelaine ; nous sommes montés à la dernière ferme où les fils d'Eugène s'ennuyaient eux aussi, alors nous sommes partis, avec les paletots encore humides, nous ne rapporterons pas de bois, nous allons au hasard. Une fois éloignés, nous regardons au sol. Tout ce que nous puissions espérer à cette époque, ce sont des chanterelles. Quelques jours moins froids et on les devine dans les feuilles, Germain connaît les places. C'est pour cela que nous avons le nez par terre.

C'est pour cela aussi que nous ne l'avons pas vu, nous ne l'attendions pas, nous étions concentrés, fouillant l'humus, je veux dire : nous n'avons pas fait exprès. Ce n'est pas nous qui.

Il est venu tout seul.

Il nous fait sursauter, nous l'avons entendu sans l'entendre, nous pensons au bruit de nos pas sur les feuilles ; et dans nos pas il y a les siens, et nous avons peur, tous sans exception, quand il surgit devant nous, avec ses gestes trop vifs. Il n'est encore qu'une forme apparue brutalement, nous n'avons pas réalisé : mais Madelaine dans un réflexe saisit sa hache et la jette de toutes ses forces pour nous défendre. Il y a un bruit, et puis ça tombe. Elle a transpercé la gorge du chevreuil.

À présent nous sommes tous les cinq autour du corps étendu sur l'herbe blanche. Tour à tour nous regardons le chevreuil et nous nous regardons les uns les autres. Nous regardons Madelaine.

Madelaine.

A murmuré Artaud avec ses grands yeux inquiets.

Germain balance sur ses jambes, indécis. Plus qu'indécis : effrayé. Parce que cela, nous n'avons pas le droit. Il nous est interdit de chasser sur les terres des Ambroisie. La chasse est réservée aux maîtres. Ceux qui braconnent connaissent les risques s'ils se font prendre – ils seront tués comme ils ont tué les bêtes des maîtres. Ceux qui braconnent prennent des petits animaux faciles à cacher sous leurs larges chemises. Des oiseaux, parfois des lièvres. Mais nous.

C'est pour cela qu'il faut le savoir : nous n'avons pas fait exprès.

Le chevreuil est là devant nous, qui semble immense, et nous ne nous décidons pas à le laisser. Il s'écoule plusieurs minutes silencieuses. Mayeul passe une main sur son visage. Il dit on fait quoi ? Alors Madelaine, le regard fixé sur l'animal mort, se baisse pour reprendre sa hache. En se relevant elle répond ce que nous voulons tous entendre, et que nous n'osons pas prononcer, c'est inscrit trop loin dans nos mémoires. Elle murmure :

On va le ramener et on va le manger.

Cette phrase est un éclair dans nos têtes, comme si la foudre était tombée juste à côté de nous et qu'elle nous tirait de la léthargie où nous étions. Germain se redresse. Il dit : c'est impossible.

Comment ? proteste Madelaine, pourtant elle sait bien sûr. Germain explique quand même. Il sait qu'elle sait mais nous avons besoin qu'il le dise, à cause de la tentation. On le laisse ici, du coup ? Artaud fait taire Mayeul d'un geste. Germain dit on s'en va, allez on s'en va. Il y a cette peur qui monte, si les maîtres viennent à chasser par là, eux qui n'ont rien d'autre à faire que chasser. On rentre, répète Germain.

Nous sommes sur le qui-vive. Nous nous tournons d'un seul élan. Sauf elle. Madelaine se dégage de l'étreinte du fils aîné lorsqu'il lui agrippe le bras. Nous entendons le chuchotement du grand : tu es folle, complètement folle. Dans le regard de Madelaine, nous avons déjà compris qu'elle ne cèderait pas. Mais Germain non plus ne cèdera pas, il a la conscience du risque, des petits frères avec lui. C'est là que nous nous séparons, nous le sentons.

Aide-moi, demande Madelaine, et Germain secoue la tête.

Aide-moi et rentrez, dit-elle, alors il lève la carcasse et la cale sur les frêles épaules. Il saisit la main de ses frères. Avant de partir il essaie encore. Tu ne pourras pas. Ils vont te prendre.

Elle a le visage animé d'une joie féroce, ce sourire rageur aux lèvres. Elle ignore Germain, elle me regarde. Tu viens, Bran ? Et je reste avec elle, avec ses petits pas empêchés par le fardeau, son dos penché sous le poids de la bête. Je vois ses mâchoires contractées à en craquer, ses yeux rougis par l'effort ou par la colère, mais la tension est trop grande pour que la colère sorte, il faut garder les forces, elle serre les dents et elle avance. En très peu de temps, Germain, Artaud et Mayeul ont disparu. Ils marchent vite, l'appréhension leur donne des ailes. La forêt se referme sur eux et nous sommes là, Madelaine et moi, bouffés par le silence et la respiration haletante de la petite, je n'ose rien faire que l'attendre. Je regarde le jour qui descend. Je pense à ce qui vient de se passer et qui contient davantage d'émotions et de danger qu'en des années d'existence sans Madelaine. Moi aussi, la petite me dérange parfois, mais elle me fascine. Nous faisons des choses que nous n'avions jamais imaginé faire. Nous pensons à des choses impensables. Au fond de mon ventre, il y a une boule. Plus nous avançons, plus la boule laisse place à une sorte de feu incontrôlable. La nuit tombe doucement et j'ai l'impression d'être heureux en regardant Madelaine crever sous ses vingt kilos de viande, cela fait plus d'une heure que nous marchons. Elle va de moins en moins vite, va quand même.

Et soudain il y a des pas froissés dans la forêt et nous nous figeons. Une silhouette, au bout. Qui vient. Nous nous dressons le plus possible, comme si nous pouvions mieux voir. Quelques instants où, je le sens, Madelaine a enfin peur. Il est impossible de se cacher dans la forêt nue d'hiver, et l'homme qui arrive nous a déjà repérés. Il court presque vers nous. Oh, dit Madelaine, et je sens son souffle se vider d'un coup, et moi je le reconnais.

Eugène est là.

Je ne bouge pas, alors Madelaine devine qu'il n'y a pas de danger, jusqu'à ce qu'elle aussi le distingue, elle crie presque son nom. Eugène s'avance, il n'a pas besoin de dire que ses fils l'ont prévenu, nous l'avons compris. Je sens la rétractation de Madelaine près de moi, le repli pour éviter une gifle, et pourtant cela n'arrive pas. Eugène nous contemple et je le trouve si grand. Nous sommes dans son ombre. L'instant d'avant, je nous croyais invincibles.

Sa voix basse dans la forêt.

Il regarde Madelaine, il regarde le chevreuil sur son dos.

Il dit : Donne.

Madelaine ne proteste pas, se laisse dépouiller du chevreuil. Eugène encaisse l'animal sur son dos puissant, c'est si différent du dos de la petite sur lequel il prenait toute la place. Eugène, lui, n'a pas cillé, pas fléchi. Il prend le bras de Madelaine, m'observe. Il ne dit pas qu'il faut se dépêcher, il n'a pas besoin, son pas pressé nous oblige. Nous le suivons en trottinant. Je devine le regard de Madelaine sur lui, le même que le mien, la fascination devant cette force qui nous dépasse et nous déborde. Eugène va plus vite que nous, même délestés du chevreuil. Nous perdons notre respiration à filer derrière lui, il se retourne parfois, ne ralentit pas : il tend la main vers nous, un peu comme font les femmes lorsqu'elles appellent la basse-cour pour distribuer des épluchures, et nous faisons l'effort, nous courons un peu plus. Encore une demi-heure, le jour se grise. Nous sommes au bord de la forêt et Eugène s'arrête. Au bout du plateau qui s'ouvre, une courte plaine gorgée de pluie, il montre sa ferme à Madelaine. Va voir, commande-t-il. Dis-moi s'il y a quelqu'un.

La petite galope en éclaireur. Le crépuscule hivernal a poussé tout le monde à l'intérieur et elle nous appelle d'un geste. Allez, dit Eugène, et nous la rejoignons, bifurquant vers la grange où somnole le grand cheval.

Jéricho, murmure Eugène pour prévenir de notre arrivée.

Le cheval renifle l'odeur du sang. Son maître est agenouillé de l'autre côté de l'écurie et commence déjà à découper la viande avec un long couteau. Madelaine regarde à la porte. Tout est si désert.

Elle demande.

Pour les fils.

Eugène dit qu'il les a envoyés plus loin, envoyés creuser un trou malgré la pluie, un endroit où l'humus est gras et épais, un trou pour la carcasse, après. Eugène est habile au couteau mais il n'a pas l'habitude de découper les chevreuils, nous le voyons. Il hésite le long des os, lève des filets grossiers, laissant de la chair sur le squelette, repassant une seconde fois. Ses mains tremblent un peu. Si nous nous faisons prendre à présent, il sera impossible de nous dire innocents. Nous sommes allés trop loin. J'ai les yeux rouges tant l'odeur de la chair m'affole.

Eugène enroule les morceaux de viande dans des vieux linges et en tend une partie à Madelaine. Ça pour ta mère. Ça pour Rose. Va, maintenant, rentrez chez vous. Mangez tout ce que vous pouvez. Ne gardez rien. Ensuite vous chaufferez des herbes acides pour l'odeur. Tu expliqueras à Ambre de laisser sur la cuisinière les pattes du lapin que j'ai attrapé il y a deux jours, ça nous coûtera moins cher si jamais. Et surtout, ne dis rien. Rien à Léon. Léon quand il a bu, il raconte tout. Il faut mélanger la viande aux navets et expliquer que j'ai braconné un lièvre, il ne verra pas la différence, saoul comme il est.

Nous sortons de la grange Madelaine et moi, nous croisons Germain qui pousse une brouette, nous entendons les déchets jetés dedans. Nous ne nous retournons pas, ni lui ni nous. Nous ne nous sommes jamais vus. La peur nous tenaille et nous exalte.

Plus tard, Madelaine demandera à ses cousins où ils ont enterré les restes de l'animal. Elle ira voir la terre tassée à l'orée du bois et les feuilles éparpillées et les brindilles pour rendre le trou invisible, elle cherchera, elle trouvera bien sûr, parce qu'ils lui ont dit, sinon elle leur affirme que rien ne se devine. Nous sourirons ensemble, les sens encore émoustillés par la viande avalée comme a dit Eugène, tout en une seule fois, l'odeur est trop reconnaissable quand la chair a grillé. Nous avons bâfré, tous, même moi, dévoré à en crever, à en avoir mal au ventre mais cela faisait du bonheur d'avoir des crampes d'estomac parce qu'on s'était trop rempli la panse, nous avons senti les forces nous revenir et tant pis si c'était illusoire, cette sensation de plénitude. Nous avons tous pensé qu'au château des Ambroisie, ils sont nourris ainsi chaque jour.

Même le cheval gris du Fils mange de la viande, a murmuré Artaud parce qu'il l'avait entendu au village, et nous nous sommes moqués de lui.

Nous avons mis trois jours avant d'en parler entre nous. Trois jours pendant lesquels nous avons vécu avec l'effroi qu'on nous découvre, et pourtant il n'y avait plus rien pour nous confondre, la viande était mangée, le squelette enterré. Mais cela est resté en nous. Nous avons transgressé quelque chose. Nous sommes des dieux et des misérables, nous avons osé sans en avoir l'étoffe, sans en assumer les conséquences. Pendant ces trois jours, chaque fois que nous nous sommes croisés en silence, nous avons revécu cet après-midi-là qui nous a vus danser sur le fil entre la vie et la mort.

Croyons-nous.

Car dites-le-moi, que s'est-il passé ?

Rien, immensément rien.

Et sans doute est-ce le plus incroyable et le plus effrayant, qu'il ne se soit rien passé. Jusqu'à l'instant où nous avons les uns et les autres donné les os aux chiens, jusqu'au moment où l'extrémité de nos ventres a rejeté la viande en petits tas fumants, nous nous sommes dit que les soldats d'Ambroisie allaient faire irruption dans les fermes. Qu'on nous avait vus, qu'on nous avait dénoncés, que le hasard aussi – mais non. Nous avons mangé la viande et nous sommes vivants. C'est cela qui nous marque plus que tout, la surprise que l'on puisse enfreindre les règles sans qu'il arrive quoi que ce soit. Jamais Eugène ou ses fils ou moi n'avons tué de chevreuil. Nous avons braconné des lièvres et des oiseaux comme tout le monde, moins que tout le monde, et nul n'ignore que si nous nous faisons prendre, nous nous en tirerons avec un dédommagement ou une bonne trempe, souvent les deux à la fois : d'une certaine façon, la punition vaut le risque. Mais un chevreuil. Là c'est autre chose. Nous le savons de père en fils ou de maison en maison, sans même se le dire, c'est presque inné : on ne touche pas aux bêtes du maître.

Madelaine, elle, ne sait rien. Elle le fait c'est tout.

Madelaine dit : J'ai faim, et elle mange.

Forcément notre regard, les fils d'Eugène et moi, ce regard sur elle a changé. Car même si nous avons pleuré de joie en mâchant la viande dense du chevreuil, nous sommes conscients que c'était une folie et une erreur. Nous ne nous sommes rendu compte qu'après à quel point. Avant, nous étions sous le choc, nous étions dans le mouvement, l'existence nous a embarqués. Peut-être le plus sage a été Germain, qui a commencé par tourner la tête pour ne plus voir le chevreuil mort et ne plus imaginer la chair à l'intérieur ; ensuite tout est allé trop vite, et Eugène quand ses fils lui ont raconté, Eugène n'a pensé qu'à sauver Madelaine qui ne lâcherait pas son gibier. Aider Madelaine, ce serait l'aider avec le chevreuil. Si cela n'avait tenu qu'à lui, il aurait sans doute ordonné à ses fils de creuser un trou un peu plus grand pour y mettre l'animal entier, avec ses cuissots et ses rôtis, il n'aurait pas pris le temps de le dépecer, pas pris le risque de le cuire. C'est là que tout a dérapé.

Eugène ne sait pas bien d'où cela vient. C'est arrivé à l'instant où il nous a trouvés Madelaine et moi dans la forêt et où la petite a levé sur lui son regard clair, à ce moment-là il n'y avait plus de colère en elle, juste l'épuisement, comme une fourmi qui traîne une graine deux fois plus grosse qu'elle, l'épuisement et pourtant l'allégresse – c'est cela qu'Eugène a vu. Il n'a pas eu le cœur. Il a pris le chevreuil sur ses épaules et il l'a rapporté aux Montées. Il a eu pitié de Madelaine, enfin ce n'était pas ça, au fond, c'était beaucoup plus profond : il a eu le souffle coupé par son audace. Il est tombé en admiration même s'il savait qu'il ne fallait pas, surtout pas, qu'elle causerait leur perte. Mais c'était là. Il s'est vu, lui, à côté de la petite, avec la soumission imprimée dans ses gènes, et il a eu honte. Il a vu la hargne de Madelaine, ou le courage, c'était impossible d'envoyer ses fils enfouir la viande, ç'aurait été comme frapper au fouet un cheval qui s'est crevé tout le jour à finir son labour, comme noyer un chat qui vient d'échapper aux remous d'une rivière, et il n'a pas pu.

Cela n'empêche ni les regrets, ni la peur, ni le festin.

Simplement tu ne dois pas recommencer, et il lui a dit trois jours après, ce n'est pas pour nous. Est-ce que tu comprends ?

Madelaine ne comprend pas. Elle entend mais déjà la colère revient. Son ventre se souvient de la viande préparée par sa mère, encore saignante pour qu'on la mange vite, ses dents se rappellent la chair arrachée, mastiquée, avalée, ses gencives la démangent. Pas pour nous, cela ne veut rien dire, elle ne veut pas admettre. Assise à côté de moi sur un morceau de bois, elle regarde l'horizon. Je connais bien son profil buté, ses yeux qui se froncent, l'éclat de ses pupilles. C'est ce que j'aime en elle, son entièreté, sa façon d'ouvrir des brèches. Si cela ne se fait pas par la douceur, cela passera en force. Oser, murmure-t-elle, et elle se tourne vers moi. Je ne dis rien bien sûr. Je le sais, ce sont les femmes qui se révoltent. Dans tous mes souvenirs depuis que je suis ici, seules les femmes ont parfois levé la voix, ont levé une fourche ou un bâton pour défendre la simple possibilité de vivre. Elles sont prêtes à donner leur sang pour leurs enfants. Les hommes, eux, se plient. Ils s'habituent à tout. Ils ne veulent pas mourir.

J'observe Madelaine en coin, peut-être comme Eugène l'a contemplée. Elle est fière, sanguine, si petite aussi – mais nous sommes tous plutôt petits, les anciens racontent que nous ne grandissons pas parce que nous n'avons pas assez à manger. Il y a tellement d'amour dans mon regard sur elle. Et cette étrange perception derrière, qui murmure que oui : nous aimons Madelaine, elle est un feu où nous réchauffons nos mains, un soleil qui embaume nos prés.

Et elle est dangereuse.

Pour elle, et pour nous.

Si nous avions des ailes, elle nous les brûlerait.

L'hiver s'est installé et nous ne croisons plus de chevreuil. Le froid anesthésie la vie, nous prend les poumons quand nous sortons et que l'air s'engouffre dans nos gorges. Il arrive que nous restions cloîtrés dans les maisons jusqu'à midi mais les maisons elles-mêmes ne sont plus chaudes, le gel enveloppe chaque pierre de chaque mur, Rose pose une main, frissonne, remet une bûche dans l'âtre. Forcément nous scrutons nos réserves de bois, nous comptons. Les jours qui nous séparent du printemps, si le printemps arrive. Certains matins nous n'y croyons plus. Certains matins nous ne sortons plus.

Avec le froid, les petits rongeurs de toutes sortes cherchent dans nos bâtiments de quoi survivre. Les mulots, les souris, les musaraignes, tout ce qui n'hiberne pas essaie d'entrer chez nous. Ils ont dû s'abriter dans des terriers qui ont fini par geler, se blottir dans des caches qui ne protègent plus de rien. Et les voilà. Chacun dans sa maison, nous leur faisons une chasse sans merci. Nous ne pouvons pas permettre qu'ils mangent nos derniers sacs de farine et, je l'ai dit, avec Rose nous en avons trouvé l'usage puisqu'ils finissent dans nos soupes. Mais ils fouillent et fouinent et creusent, ils arrivent toujours à voler quelque chose, surtout dans les granges qui ne sont pas gardées. Nous nous sommes résolus à rentrer nos réserves dans les maisons, pour ce qu'il en reste. Cela fait une curieuse impression de dormir contre des sacs de blé ou des caisses de navets. Rose m'a dit si tu les manges la nuit je te tue. Elle en est réduite à soigner les villageois contre rien pour ne pas les laisser crever. La faim commence à nous prendre. Un ou deux nourrissons, une vieillarde. Nous ne sommes qu'au mois de janvier.

Nous le connaissons, ce froid, et la faim qui va avec. Tout manque, l'abondance nous fuit. Nous sommes heureux quand une saison nous permet de manger jusqu'à l'été suivant, nous sommes habitués aussi. Le cycle de la faim suit le cycle des saisons, cela nous semble normal ; mais quand l'équilibre rompt, quand les belles périodes s'amenuisent et que les temps difficiles prennent de plus en plus de place sur l'année, les hommes ont peur. Et pourtant ils ne demandent pas grand-chose, ils sont nés en se contentant de peu, ils se soumettent à cet étrange ordre du monde qui fait que la profusion et l'opulence ne vont que du côté des maîtres. À eux, il revient seulement de survivre. Lorsque les hivers commencent mal, ils se taisent. Ils attendent. Nous attendons tous.

Les anciens ont prédit que le vent polaire tomberait, ils parlent de la couleur du ciel, du sens de l'air, d'une sensation infime, mais les campagnes ne dégèlent pas depuis neuf jours et nous peinons à les croire. Il faut cependant s'accrocher à cet espoir, sans quoi nous allons finir par tous nous endormir dans nos maisons froides, devant nos cheminées qui n'arrivent plus à chauffer les murs et dont nous nous rapprochons au risque de recevoir une braise pendant la nuit. Un matin pourtant, le ciel est bas et nous nous disons que les anciens avaient raison : l'air sent la neige, le froid va s'atténuer. Et surtout, le vieux Magne qui avait dit qu'il gelait trop fort, le vieux Magne va allumer le four, nous allons avoir du pain. Enfin les soupes du soir cesseront d'être épaissies à la farine, il y aura des miches, des tranches, des bouchées à mélanger au brouet, tout le village bruit de l'attente, Rose a sorti le levain.

Mes jours préférés sont, comme pour tous les enfants de La Foye, ceux du pain. Ceux où le four chauffe de l'aube au crépuscule, et l'air emporte le parfum des croûtes bien grillées, l'odeur gourmande de la farine cuite, cela sent une certaine exubérance. Cela me remplit d'allégresse. De mois en mois, je les attends ces jours-là, quand le vieux accepte d'allumer le four et qu'il surveille, entretient, cuit. Nous venons tous ensemble. C'est trop de bois pour qu'une seule famille utilise le four, l'inertie des pierres dévore la chaleur et nous avons décidé que chacun apporterait trois bûches pour participer à la braise, pour profiter des pierres chaudes les uns des autres. Le four banal construit par les aïeux des Ambroisie sert à tout le monde, nous payons la redevance pour cela, aucun de nous n'aurait les moyens de posséder son propre four même si nous en avions le droit – mais chacun vient avec sa pâte. Le four est bâti au bout de La Foye et ne prend la terre de personne. Un jour le vieux Magne fait passer le mot : ce sera demain.

Jamais aujourd'hui, car aujourd'hui est trop tard, la pâte a besoin de temps pour lever. Mais demain oui, demain il y aura du pain, et Rose rit de mon excitation quand elle cherche le levain et la farine et que la journée prend des airs de fête. Le pain est la vie.

Donc le levain est sur la table et nous le regardons tous les deux avec cette fascination mêlée de déférence. Ce levain est plus âgé que nous. Il a été régénéré des centaines de fois mais c'est aussi le même. Rose dit qu'elle le tient de son arrière-grand-mère et peut-être plus loin encore. Le pain est infini, nous transcende, nous et nos générations ; il nous a vus naître et crever, il nous a accompagnés dans les joies et les épreuves. Les hommes vivent, les hommes meurent, leurs enfants les remplacent et le levain est toujours le même.

Rose a lentement pétri le pain et je meurs d'envie de plonger la tête dans les pâtons mis au repos, gonflant telles des poules crevées, une bouillie beige et grise et lisse tendue comme un fruit mûr, l'odeur crue du pain qui n'existe pas encore. La tête me tourne, Rose me regarde et sourit. Voilà, dit-elle. Bien avant que Magne n'enflamme les premiers fagots sur le plancher du four, nous avons les mâchoires serrées d'attente. Dans toutes les maisons de La Foye, que ce soit au centre du village ou dans les fermes dispersées au gré des terres et des sources d'eau vive, les enfants attendent. Ils pensent aux petits pains bruns qui cuiront à côté des gros et qu'on leur donnera en premier, une sorte de friandise qui n'apaisera pas entièrement leur faim mais qui leur fera du bonheur à en trembler les mains, et chaque fois c'est pareil, les ventres hurlent avant de se repaître, l'extase piaffe, souvent les plus jeunes pleurent d'émotion.

Et la campagne a beau être grise et encore bordée de givre, le lendemain lorsque toutes les femmes de toutes les maisons portent au four leurs pains crus sitôt midi, elles sont accompagnées d'une ribambelle de mouflets qui rient d'avance, nerveux comme des taons. Sur le dessous des pains, les femmes ont tracé un signe pour les reconnaître, les leurs je veux dire, pour qu'il n'y ait pas de malentendu. Dans les temps d'opulence peut-être il n'y aurait pas eu besoin, mais aujourd'hui elles surveillent, elles tracent des bâtons, des cercles, des croix, des associations des uns et des autres. Elles se moquent que Magne connaisse son four par cœur, et son ordre, il est si habitué, depuis bientôt trente ans. Il sait où déposer, sur les pierres brûlantes, les pains de chaque famille, il leur a attribué des places dans sa tête, il pourrait les disposer les yeux fermés et les sortir et les distribuer sans la moindre erreur. Seulement voilà, quand on a juste de quoi manger, on compte. Ce n'est même plus un calcul, c'est un réflexe. La vie les a durcies, ces femmes ces mères qui regarderont ailleurs quand les enfants mangeront leurs petits pains chauds à la fin de la cuisson, regarderont ailleurs pour ne pas dire aux pères qu'elles ont cédé, ne pas sentir non plus leurs estomacs qui tirent, elles ramasseront les miettes, elles diront que cela leur suffit.

Magne fait au moins trois cuissons dans la journée, le four n'est pas assez grand pour une seule fois. En général, les femmes qui récupèrent leurs pains cuits restent là. C'est un jour où on se sent le droit de traîner à causer ensemble, le labeur attendra, ne se sauve jamais. Le soir on rapportera cinquante kilos de pain, alors on peut bien se poser un moment et laisser passer le temps, mieux, prendre son temps, quelque chose que l'on ne connaît pas ici. Autour du four, il y a des pierres et des morceaux de bois, bancs de fortune qui se sont accumulés au fil des années, assez pour que chacun chacune puisse s'asseoir jusqu'à la fin des fournées. Après les bancs, il y a les brouettes rangées sagement les unes à côté des autres, sur lesquelles les femmes empilent les pains à mesure que Magne les leur rend avec cette belle croûte épaisse bien cuite et ce parfum à faire tourner la tête.

Aujourd'hui est différent. Les femmes demandent à quel moment leur pain sera pris et s'en retournent patienter dans les maisons. Il fait encore trop froid pour que nous nous tenions tous devant le four : seuls ceux dont le pain est mis à cuire restent, ceux des fournées suivantes s'en vont attendre à l'abri de l'air. On ne bavarde pas. On ne rit pas. La plupart n'ont apporté que deux bûches au lieu de trois, on rationne la farine : plutôt que manger à sa faim avant de crever le ventre creux dans un mois, les femmes préfèrent s'affamer tout le temps, elles comptent les chances que leurs familles ont de survivre si elles les restreignent, et elles les restreignent depuis la fin de l'automne. Les mauvaises saisons ont gâché la fête. Nous sommes au bord du précipice et nous faisons semblant qu'il n'en est rien.

Alors nous continuons à courir. Je ne sais pas d'où nous vient l'énergie pour jouer dans l'air glacial de notre campagne. Nous sommes freinés par le manque de nourriture, pourtant quelque chose nous prend immanquablement, nous enlève cette gravité d'adultes, nous emporte. Des trois fils d'Eugène, Germain est le plus sérieux, il est devenu grand. Mais nous autres. Madelaine, Artaud, Mayeul et moi. C'est notre façon de dire à la mort qu'elle ne nous aura pas : nous chantons, nous marchons, nous bondissons.

Avec les pieds qui traînent. Nous nous en moquons, puisque nous courons. Avec les corps sales sous les vêtements que plus personne n'enlève pour dormir, et les fils d'Eugène puent autant que moi qui ai toujours pué, leurs cous sont gris de crasse, les vestes ont cette odeur des peaux aigres, des sueurs collées les unes après les autres, nous nous enroulons dans tout ce que nous trouvons le soir pour essayer de somnoler quelques heures. Les cheminées nous sauvent bien qu'elles soient toujours froides le matin, le premier qui s'éveille les rallume, nous prenons l'habitude de vivre à moins d'une enjambée des flammes. Notre univers se rétrécit. Petits jours, petits espaces, petites sorties. Seule notre faim est immense. Nous buvons pour l'oublier, pour la tromper, nous n'en pouvons plus de boire, cela nous donne envie de vomir, nos estomacs font des spasmes.

Je traîne dehors plus que les autres. Souvent Madelaine me rejoint et je retrouve cette complicité de nos êtres sauvages. Nous partons tous les deux vers la forêt, nous sommes des guerriers, nous ne craignons rien. Il y a en nous cette inconscience, ou cette toute-puissance, et pourtant nous savons bien que c'est faux, nous ne sommes pas invincibles. Nous faisons comme si. Si nous acceptons d'avoir peur, nous ne ferons plus rien. Mais nous ne connaissons pas l'effroi, ou si peu. Parfois Madelaine d'une voix songeuse me rappelle que nous étions tous les deux, juste tous les deux pour sortir le chevreuil mort de la forêt. Les autres enfuis. Mais nous. Elle me tape sur la tête. Toi et moi, Bran.

Là est notre lien. Notre témérité commune.

Et aussi que je ferais tout pour elle.

Nous marchons dans les bois émiettés de neige et il nous suffit d'entendre nos souffles pour être tranquilles. Nous regardons chacun de notre côté – une branche ployant sous le gel, des feuilles remuées par un sanglier, le ciel gorgé de soleil ou de pluie glacée – et nous savons que nous sommes ensemble. C'est pour cela que nous n'avons pas peur. Cela nous donne de la force. Si quelque chose arrive, je crois que nous aurons de la réaction : de la colère, de l'alarme, de la joie, de l'envie ou de la hargne, mais pas de frissons. Pas de terreur. Nous sommes imperméables à ce sentiment, nous n'avons pas grandi avec. En cela nous différons des fils d'Eugène qui ont la crainte vissée au corps. Transmise par leurs parents, et les parents de leurs parents. Nous n'avons rien de cela.

Nous avons le courage.

Nous avons la rage.

Je l'ai dit, nous sommes restés plutôt petits. C'est ainsi que l'on survit dans les conditions extrêmes : les êtres les plus grands, qui ont des besoins en nourriture et en chaleur bien plus importants, sont les premiers à mourir. Les plus modestes, tels que nous – rachitiques, minuscules, fripés –, les plus sobres dans la place qu'ils prennent à l'univers résistent. La nature quand elle crée des situations difficiles ne sauve ni les plus beaux ni les plus imposants ; elle préserve les plus forts, et les plus forts sont ceux qui ont le moins d'exigence. Madelaine et moi sommes de ceux-là. Nous souffrons du froid et pourtant moins que les autres, nous souffrons de la faim cependant elle ne nous empêche pas, nos corps sont coutumiers, sont des citadelles imprenables, nos têtes sont des terres brûlées. Et même si tout le monde a oublié que Madelaine n'est pas la vraie fille d'Ambre, parce qu'elles ont cette beauté saisissante toutes les deux, je vois ce qui les distingue et qui les sépare. Ambre est absolument mais seulement belle. Chez Madelaine, il y a en plus une dureté insaisissable. Ambre est une pierre qui peut s'abîmer, s'effriter, se casser ; Madelaine, un diamant que rien n'entaille.

Et pourtant, je me souviens d'un marchand qui avait déballé un jour sur la place du village. Il parlait d'une pierre qu'il avait eue en sa possession. Une pierre rendue plus rare et plus convoitée, plus chère aussi, car elle avait des inclusions particulières : des givres, qui la fragilisaient en même temps qu'ils lui avaient donné un éclat remarquable. En Madelaine, je devine cette fissure. Elle n'est pas une faiblesse : elle est une brèche. Sans elle, la petite ne serait que rudesse.

Seules Ambre et Aelis ont accès à ce cœur-là. Lorsque Madelaine vacille, qu'elle ne le montre pas – le montrer ce serait offrir le flanc comme les bêtes –, elle se réfugie auprès d'elles. À cause de Germain, souvent. Car l'aîné la traite mal. Non qu'il soit méchant, mais il est dur, plus dur avec elle qu'avec ses frères. Il sent que si on lâche Madelaine plus personne ne la contrôlera. C'est pareil avec les animaux rétifs, il faut les tenir, ferme, serrés, du premier jour au dernier, sans quoi ils ne sont bons qu'à abattre.

La petite aide sur la parcelle d'Eugène, pour gagner les légumes qu'il lui donnera. Elle voudrait faire le travail autrement, à sa façon, ou dans un ordre différent, de biais quand on lui enjoint d'aller droit, et le fils aîné dit non. Madelaine a les yeux qui brillent de colère. Elle demande pourquoi. Elle explique ce qu'elle propose. Germain secoue la tête, ce n'est pas une fille qui.

Ah ah, s'écrie-t-elle, pas une fille qui va t'apprendre comment ramener un chevreuil, peut-être ?

Ils se toisent. Madelaine mesure une tête de moins que lui, pèse la moitié de son poids, elle a l'âge de Mayeul. Et oui, c'est une fille. Elle restera plus fine et plus petite. Germain l'observe de haut. Il la renvoie.

Il dit : à la maison. Rentre chez toi. Quand elle refuse, il la bouscule. Il n'est pas rare qu'ils s'empoignent, et nous ne savons pas quoi faire, Artaud Mayeul et moi, nous attendons que cela passe. Cela ne sert à rien d'y aller, qu'à envenimer les choses. J'ai gueulé une ou deux fois et cela ne m'a servi qu'à prendre une beigne de Germain. La dispute finit toujours pareil : Madelaine part en criant des injures, et puis elle se tait, pour que nous n'entendions pas les sanglots.

Je rentre avec elle. Je marche derrière en silence. Je ne sais pas si elle se rend compte que je suis là, ou elle s'en moque, et je comprends, nous ne l'avons pas soutenue, pas aidée. Nous revenons aux Montées, je m'arrête chez Rose, la petite me boude. Je la vois qui court vers les fermes, qui court vers les silhouettes d'Ambre et Aelis, la première qui la devine, qui l'appelle, elle se jette. Leurs bras se referment autour d'elle et je la perds. Leur monde m'est étranger ; c'est un monde de femmes où on a le droit d'être chagrin, un monde qui m'échappe, je n'ai jamais entendu pleurer Eugène ni ses fils, ni aucun des hommes de La Foye. Madelaine pleure de rage, de dépit, d'impuissance, ce sont des larmes tout de même. Dans les bras des sœurs, elle s'abandonne. On l'embrasse, on l'apaise. On la consolide. Nous, nous n'avons que les coups et l'entêtement à nous redresser pour nous rendre forts. Nous observons ce tout petit univers que forment les femmes entre elles, que nous leur envions, nous aussi nous aimerions que l'on nous console, quand la vie nous accable, nous l'espérons de toute notre âme. Mais personne ne réconforte les hommes. Ils n'en ont pas besoin. Nous sommes dévorés par ce devoir de puissance, obligés d'être invulnérables, de refouler nos peurs et nos désespoirs au fond de nos ventres. Nous crevons du manque d'amour.

Le lendemain, Madelaine revient. En elle, il n'y a plus de trace. Elle est reconstruite. Elle a ri avec Aelis en balayant la cour, elle a préparé le souper avec Ambre, elle s'est blottie, pelotonnée, réfugiée, les ténèbres l'ont désertée. Les étreintes des femmes sont des pansements, et l'aube a fini de nettoyer les idées sombres. Je quitte Eugène et le grand cheval que j'accompagnais, je la rejoins en courant, je virevolte autour d'elle. Elle rit et m'attrape, elle me dit un mot méchant, qu'elle ne pense plus, pour montrer qu'elle pardonne, c'est sa façon. La vie est à nouveau ouverte.

Les années vont lentement. C'est une qualité de ce monde, qu'il soit paresseux, il nous laisse le temps, comme si nous avions quelque chose à réaliser, autre que de lutter pour survivre, quelque chose à faire avant de mourir. Les années vont donc en cycles longs, des saisons maussades, la pluie et le gel prennent trop de place. Les anciens disent que c'était pire avant, que cela reviendra, la dernière fois c'était pareil : la terre s'est déréglée à petits pas avant de déverser sa colère sur les hommes, deux années terribles, et j'ai vu les habitants de La Foye menacer les vieux, les bras levés, qu'ils se taisent, oiseaux de malheur. Chaque jour, nous nous attachons à les faire mentir. Nous mangeons, même si la qualité des blés est parfois si mauvaise que nous avons faim juste après avoir soupé, nous ne voulons pas les entendre, nous voulons vivre.

Madelaine grandit aussi lentement que les années mais à présent nous ne disons plus qu'elle est notre frère, elle ressemble trop à une fille. Elle nous suit toujours sans relâche, dans les bois, dans les cultures, elle nous en remontre, ce n'est pas cela ; simplement, nous ne pouvons plus la confondre. Elle a des cheveux longs le plus souvent cachés sous une coiffe légère, quand elle ne l'égare pas, et ses traits n'ont plus rien à voir avec ceux de Germain ou de Mayeul qui s'épaississent. Cette fois nous le sentons, il y a des hommes, et il y a des femmes. Mais si être une femme signifie rester à la ferme et s'occuper de la maison et de la basse-cour, Madelaine refuse. Elle ne fait pas partie de ces filles-là. Ambre et Aelis la chahutent gentiment, elle est encore jeune et le temps encore, le temps lui apprendra. Madelaine renâcle. Elle ne veut pas. Je sais pourquoi, j'ai vu ce qu'était être une femme ici. Et si je ne m'en doutais pas, la petite l'a raconté. Elle aussi, ça lui est arrivé. Le plus effrayant, c'est que si ce n'était pas Madelaine, je m'en moquerais. Jusqu'à Madelaine, j'ai tourné les yeux. Mais quand cela tombe sur elle, pour la première fois, je ne peux pas dire que cela ne me fait rien.

Le jour où Léon l'a touchée.

Je n'ai pas vu. C'est elle qui le dit, juste après, les mains encore tremblantes. Nous sommes assis sur un talus gelé pourtant nous ne le sentons pas, les mots de Madelaine sont plus chauds et plus haineux que le froid de la terre. Je comprends que c'est fini, Léon ne sera plus jamais son père. Il ne faudra plus l'appeler ainsi. Il ne faudra plus jamais dire du bien – au fond, cela n'est pas très compliqué.

Et cela me rappelle les soirs de fête, quand les villageois dansent, et qu'ils boivent, car il n'y a pas de fête sans un peu de vin, la mauvaise piquette du Sud qu'ils achètent, celle qui donne de l'acidité mais qui fait tourner la tête, c'est tout ce qu'ils demandent, que la tête leur tourne. Le vin la chaleur la fatigue.

À ce moment-là elles sortent : les mains qui se croient tout permis. Parfois cela me fait honte. Les mains remontent toujours, ou elles descendent, elles ne restent jamais là où elles se sont posées au départ. Les femmes, les filles, elles rient.

Après elles ne rient plus.

Il n'y a pas qu'Ambroisie-le-Fils.

C'est peut-être la vie qui nous rend ainsi. Une vie trop rude, qui nous met trop souvent à l'épreuve ; l'aigreur et la frustration s'accumulent en nous. Alors quand l'un de nous peut devenir un maître plutôt qu'un gueux, quand il se trouve un morceau de pouvoir, il n'hésite pas. Faible avec les forts et fort avec les faibles. Nous appelons ça des crevards mais ce sont tout simplement des hommes.

Madelaine a trouvé cela étrange, cette main glissée sous sa robe un matin où Ambre n'était pas là, partie au village échanger deux ou trois légumes. Elle dit – cette saleté de geste dérangeant, ses relents de bassesse, et elle a enlevé la main de Léon brusquement, les lèvres retroussées sur ses dents pointues de petite bête sauvage. Allons, a dit Léon avec bonhomie, comme si tout était évident, comme s'il parlait à une pouliche mal débourrée et qu'il suffise de dire cela, allons, pour que ça passe, pour qu'on recommence.

Tu vois, dit Madelaine le souffle à nouveau court, tu vois Bran, s'il avait été en colère, s'il avait été brutal. Mais non. Tout avait l'air tellement normal. Madelaine, il lui faut de la violence pour s'opposer, il lui faut un choc frontal, et Léon souriait. Elle a cru qu'il souriait parce qu'il n'y avait rien de mal. Elle a douté d'elle-même. Pas un instant elle n'a imaginé que le sourire de Léon, c'était la certitude.

Qu'il pouvait. Qu'il allait. Presque qu'il était dans son droit. C'est sa respiration qui a tout changé. Madelaine s'est immobilisée, un peu perdue, et puis cette drôle de sensation, qui ressemblait à une paralysie, elle n'a plus osé bouger, réfléchissant à toute allure.

Mais la respiration de Léon.

Saccadée. Raccourcie.

Cela lui a rappelé ce qu'elle entend parfois la nuit quand ses parents croient qu'elle dort, ou qu'ils s'en moquent, et que sur la paillasse à l'autre bout de la pièce, ils se couchent l'un sur l'autre avec des bruits sourds. D'instinct elle sait de quoi il s'agit. Elle a déjà vu les chiens et les porcs s'accoupler dehors dans la cour et la ressemblance lui saute aux yeux, personne ne parle de ces choses-là mais on les a dans le sang, quand on les croise on les reconnaît.

Alors elle a bondi.

Elle a crié comme crache un chat – rien qui soit compréhensible, elle a crié, les oreilles plaquées sur la tête et les dents ouvertes telle une promesse, et quand Léon a haussé le ton en revenant vers elle, elle a saisi le couteau posé près de la cuisinière et a tranché l'air devant elle.

À cet instant Madelaine rit, un rire trop fort encore plein de fureur, elle a manqué taillader le torse de Léon car il ne s'y attendait pas. Et il est tombé, Léon, et Madelaine me le raconte et montre avec ses mains, un geste de dégringolade, il est tombé à cause de sa jambe abîmée, il a trébuché sur une chaise et le voilà au sol. L'espace d'une fraction de seconde, Madelaine s'est vue dehors. Elle s'est imaginée enjamber Léon, s'enfuir dans la campagne, chercher Ambre. Tout lui dire. Et puis ce premier réflexe s'est évanoui et, le couteau dressé entre eux, elle s'est agenouillée à côté de l'homme encore à terre. Elle l'a regardé. Il a levé les yeux sur elle, des yeux de colère, jusqu'à ce qu'il voie la lame. Madelaine l'observait toujours et il y avait cette lueur en elle, cet éclat de haine. Elle a attendu. Qu'en face, la colère titube. Que Léon se souvienne qu'elle savait s'en servir, de ce couteau. C'est elle qui égorgeait les poulets à présent, Ambre n'a jamais aimé ça. Cette année c'était elle aussi qui avait tranché la jugulaire et la carotide du cochon lors de la saignée chez Eugène.

Elle n'a pas bougé jusqu'à ce que Léon devine.

La rage froide, implacable, il a saisi dans une fulgurance la façon dont elle lui couperait la gorge et avec quelle rapidité s'il essayait encore. Il a su aussi que c'était ce qu'elle voulait : qu'il comprenne bien. Qu'il pense à la mort qui pouvait être la sienne si jamais. Alors il a baissé la tête. Et moi je sais qu'il ne l'a pas baissée parce qu'il regrettait, mais parce qu'il avait échoué. Madelaine n'a pas eu peur. Elle ne s'est pas laissé faire. Elle est une anomalie.

Mais il est mauvais, Léon, il fait ses coups en douce. Je suis sûr qu'il a eu la tentation de jeter Madelaine dehors, de la chasser de la maison pour effacer l'affront. Il n'est pas lié à la petite, elle n'est pas de son sang. Il ne lui doit rien, c'est une vagabonde recueillie par Ambre qui mange à sa table parce qu'il le tolère et cela fait peut-être trop longtemps. Les pires mots, voilà ce dont il est capable, cet homme petit dans son esprit, aigri par l'existence, de ces aigreurs qui ne voient que les défauts et les manques, et les choses à l'envers. Le mauvais vin aidant, il a glissé au bas de son âme.

Il a cédé aussi, Léon, parce qu'il sait qu'Ambre ne lui pardonnera pas de chasser la petite, il sait qu'il ne peut pas. Et il ne le désire sans doute même pas, il s'est attaché à Madelaine, mais il ne comprend pas où est le problème. Sa main s'est égarée par réflexe, par hasard, parce qu'elle commence à prendre des formes, ce n'est plus une enfant. Léon l'a dit à Madelaine, où est le mal ? Cela fait des générations que cela arrive. Il ne voit pas pourquoi cela s'arrêterait c'est tout. Et puis Madelaine n'est pas sa fille, ce n'est pas comme si. C'est autrement : comme s'il avait une servante, une bonne, quelqu'un dans sa maison qui n'est pas de sa famille, avec les servantes on fait ce qu'on veut.

Pauvre Léon – jamais il n'aura une domestique.

Madelaine me regarde. Il lui a dit tout cela. Elle a reçu les mots telle une raclée, elle aussi a baissé la tête, sonnée, c'est ce qu'il voulait. Un instant d'inattention. La vigilance relâchée, la colère surprise, et il a tendu la main brusquement, arrachant son couteau à Madelaine, qu'il a jeté au bout de la pièce. Il a ri. Et maintenant ? Il l'a coincée contre le mur.

Elle ne fait pas le poids, la petite. Son salut, c'est sa vivacité, sa rapidité, mais si on l'attrape, elle n'a pas la force. Elle ne peut pas se dégager, pas sans son couteau, pas sans sa hachette. En cela, elle déteste être une fille. Elle a senti revenir la main de Léon. Elle a crié, elle a mordu en vain. Une trempe sur la tête pour qu'elle arrête de se débattre.

Elle a entendu l'autre cri, aussi. Derrière Léon. Voix de rage. Ambre se tient, blême, elle a saisi le tisonnier. Elle dit : lâche-la.

Je regarde Madelaine qui s'est tue. Je guette les larmes qui font briller ses yeux, je me demande si elles vont couler, si elle les essuiera avant, d'un geste. Elle me semble si petite, si enfantine encore. Ses mains sont posées sur sa hache. Elle dit qu'elle ne la quittera plus, plus du tout, même pour dormir.

Que sans Ambre.

Les femmes, toujours.

Je me rapproche, elle m'enlace. Ses bras autour de mon cou. Elle serre, fort. Je cogne ma tête contre la sienne et je ne bouge plus, j'attends que ça passe, je prends sa colère, son chagrin, je les mets en boule et je les jette au loin. Nous les regardons en silence, l'hiver fait une lumière jaune et froide.

Germain à seize ans obtient sa terre. Il l'a demandée à son père, il a l'âge et la force, il a appris. Ce jour-là Eugène se tait d'abord. Il a toujours refusé de travailler les champs des Ambroisie. Lui, ce qu'il voulait, c'était partir. Il était de ceux qui rêvaient de quitter le Pays Arrière. Il s'était préparé, il avait imaginé dans sa tête, la ferme resterait à son frère aîné Tébald, c'était facile. Et puis Tébald était mort, comme tant d'autres, un accident au labour, et tout avait basculé : Eugène était devenu l'aîné. L'aîné ne part pas. Il le savait. Il avait respiré profondément et accepté le destin encore une fois – pourtant il n'irait pas sur les terres des Ambroisie, là où le sang de Tébald s'était vidé. Il n'a jamais cultivé leurs prés. La ferme il est obligé, mais ils n'auront pas son travail. Parce qu'il a hérité du cheval de trait, Eugène s'est tourné vers le débardage. Les grandes forêts d'exploitation, au-delà du Basilic, appartiennent à d'autres maîtres, ce ne sont pas les Ambroisie. Nul n'imagine à La Foye la rancœur au fond de la poitrine d'Eugène, les autres pensent à la colère ordinaire, celle du manque, qu'ont tous les hommes d'ici et à laquelle ils renoncent par commodité. Et pourtant ils la sentent dans leurs tripes, eux qui voient pousser des blés qui ne les nourriront pas, ou pas assez, parce qu'on leur prendra la moitié des récoltes, et sur ces récoltes on exigera encore des impôts. Les paysans ont le sentiment de labourer en vain, de semer sans espoir de récompense, soit que les maîtres se servent trop, soit que le temps gangrène les récoltes. Au bout du compte, il ne reste pas même de quoi nourrir sa famille. De toute façon, les exploitations sont trop petites pour y parvenir ; mais s'ils avaient plus grand, ils seraient incapables d'en faire usage, le travail est harassant, les outils manquent, et l'argent pour les outils. Personne ne sait comment sortir de ce cercle amer dans lequel Eugène ne veut pas entrer. Là où il va, il est payé en argent, pas en grains. Il ne dépend pas des saisons, des sécheresses ni des gels ni des maladies.

Et peut-être que tout simplement Eugène aime ce travail solitaire. Là où il débarde, il entend le bruit des passe-partout et des haches des bûcherons, celui des troncs qui tombent en craquant, les voix qui gueulent. C'est son univers. Il est l'un des seuls à avoir un cheval qui tire deux fois plus vite que les bœufs et il est mieux payé que s'il exploitait des terres. C'est sa fierté. C'est sa hantise aussi, car son privilège ne tient qu'à la force et à la santé de Jéricho qu'il entoure de mille soins toute l'année.

Et voilà que Germain.

Ce métier qu'Eugène méprise, Germain le veut.

Il faut demander des terres à Ambroisie-le-Père. Eugène a mis en garde son aîné contre les baux qui courent même les années de disette, contre le travail à la houe et à la bêche qui casse le dos, car les bœufs sont rares ici, on n'en compte que deux à La Foye, qui appartiennent à la famille Magne, celle du boulanger, ils ne les cèdent guère. Il y a aussi le climat qui s'est endurci – les vieux encore en vie disent que la terre produit moins aujourd'hui que dans leur jeunesse, les récoltes multiplient la semence par trois au lieu de cinq, quand le gel ou la pourriture ne détruit pas tout. Pourtant Germain est sûr, et Eugène abdique. Ils n'ont qu'un seul cheval pour eux tous, ils ne peuvent pas débarder davantage, cela ne sert à rien d'aller tous aux forêts si les fils ne veulent pas devenir bûcherons. Germain aide aux champs depuis des années, se loue comme ouvrier agricole : il aime la terre. Il veut la sienne. Il le fera avec Artaud. À eux deux, ils sont increvables, et puis cela apportera un peu de marge, un peu de sécurité aussi s'il arrive quelque chose au cheval. Eugène secoue la tête, Germain a raison, qui est prêt à courir d'une parcelle à l'autre – les terrains sont petits et dispersés, pour obtenir cinq hectares il faut compter une dizaine de places. Germain opine, il sait tout cela, il est d'accord, il cavalera d'un bout à l'autre du terroir.

Il prend ses censives au milieu de l'hiver, trop tard pour semer, il faudra patienter jusqu'aux blés de printemps, sarrasin ou avoine. En attendant, Germain doit préparer la terre, quand elle n'est pas trop durcie par le gel, il doit penser aux rotations aussi, il sait qu'ici on sème une année des céréales d'automne, une année des céréales de printemps, la troisième année le sol se repose. Des cinq hectares qu'il a récupérés, il n'en cultivera donc qu'un peu plus de trois chaque an, cela lui semble déjà beaucoup, et pourtant cela ne suffirait pas à manger s'il était seul, la tête lui tourne un peu, il y a trop de choses à penser. Eugène lui donne des conseils, des souvenirs du temps où ses propres parents exploitaient la terre. Ils pourraient garder un carré de luzerne pour le fourrage de Jéricho, cela éviterait de l'acheter, on y gagnerait. Pour le reste : du grain, du grain, du grain. C'est cela la richesse, ce qui assure le remplissage des ventres. Du grain panifiable autant qu'on le peut, froment et seigle, les autres il faudra mélanger les farines, mais le sarrasin a peu d'exigence et c'est une valeur sûre, Germain en rêve la nuit, il dort mal, la terre se laboure dans sa tête.

Trois fois, a dit Eugène.

Trois fois les champs qui doivent porter les grains sont travaillés, à la houe et à la bêche toujours, autant dire à la force du dos et des bras, pour assouplir le sol, pour le rendre accueillant, c'est comme les couches pour le soir, si Ambre et Aelis ne les tapent pas, ne les secouent pas, ne les aèrent pas, elles deviennent dures comme du bois.

Germain le fera.

Ainsi, dès que les jours le lui permettent, il commence avec Artaud à retourner ses champs. Ils partent en même temps qu'Eugène lorsque l'aube pointe, ils se séparent aussitôt, le père vers l'ouest et le Basilic et les forêts, eux vers le nord et l'est où ils ont leurs parcelles au bord des bois plus jeunes. Ils vont qu'il fasse soleil, qu'il vente, qu'il mouille, seul le grand gel les arrête, quand les outils rebondissent contre la terre carapacée. Germain a acheté à crédit au forgeron des outils pour la terre, bien peu en vérité, qu'il paiera à la première moisson. Cela s'ajoute aux bêches et sarcloirs des grands-parents morts, qu'ils emportent dans la brouette : ils n'ont pas besoin de rentrer si un manche casse ou si un fer se tord.

Souvent Mayeul et Madelaine les accompagnent lorsqu'ils travaillent les terres qui bordent les forêts de chênes. Les plus jeunes mènent les deux cochons à la glandée et ramassent du bois. Ils épient leurs aînés qui besognent en ahanant au milieu des sillons tracés droit ; l'effort leur semble colossal et magnifique. Quand ils s'arrêtent tous les quatre à l'angélus pour partager leur pain, Germain les traits tirés par la fatigue rit en s'asseyant. Il parle des graines à semer, des plants qui sortiront tels des haricots magiques – il a prévu des céréales pour les deux tiers des cultures et des légumineuses pour le reste, ces fèves et ces pois aux récoltes abondantes, bien plus résistants si la saison s'avère difficile. Il évoque la première moisson comme un trésor et pourtant elle est loin, pour l'instant la terre est un amas de mottes vides. Autour du pain rompu, leurs quatre paires d'yeux brillent.

Bientôt, Madelaine et Mayeul rechignent à garder les bêtes : il y a mieux à faire dans les champs. Mais les cochons, ça ne se garde pas tout seuls, et Aelis et Eugène refusent. La famille sert aussi à cela, distribuer les tâches, chacun son fardeau, eux-mêmes viennent de cet apprentissage-là, d'abord les volailles et le petit bois, à quatre ou cinq ans, puis des corvées qui grandissent au rythme des années, les champs ce sera plus tard. Seulement Madelaine n'est pas d'accord. Elle chicane. Elle discute. Un matin, elle explique que Mayeul et elle rapporteront plus, ou mieux, en aidant les grands qu'en courant derrière les porcs, ce travail stupide que n'importe qui pourrait faire et que les villageois cèdent le plus souvent à des gamins un peu idiots, ils ne sont pas simplets, eux, ils méritent un vrai labeur. Aelis la renvoie vertement. Alors Madelaine s'en va, sans les cochons. Elle abandonne là Mayeul, sa tante et les bêtes. Elle rentre chez elle. Ambre s'étonne de la voir revenir si vite : elle dit qu'elle ne sera plus porchère, elle veut les outils de Léon pour rejoindre Germain et Artaud, elle fouille dans la grange. Lorsque Mayeul longe les champs avec ses cochons à l'heure de l'angélus, il les voit tous les trois, ses frères aînés et sa cousine, voûtés sur la terre, une sueur sale brunissant leur visage. Madelaine l'appelle. Il crie qu'il ne peut pas, à cause des porcs, à cause d'elle aussi, et elle hausse les épaules. Laisse-les ! s'exclame-t-elle. Mayeul hésite, et puis la tentation est trop forte, il court vers eux. Au début, les cochons fouaillent le sol, tournant autour d'eux ; mais au bout d'un moment, ils s'éloignent. Mayeul les observe, mal à l'aise, ce ne sont pas que des bêtes, c'est leur nourriture, leur subsistance, leur survie. Enfin ils disparaissent et il n'y tient plus : il bondit à leur poursuite. Germain se moque, le traite de froussard, cela résonne dans les bois autour. Le soir en rentrant, Mayeul balance sa cape et son bâton dans un coin de la pièce, sans un mot, l'air boudeur. À Eugène qui interroge, Artaud raconte. Le père se met à rire. Encore Madelaine, pense-t-il, mais il aime cette façon d'exiger, ce désir de travailler plus fort – si la petite refusait d'aider, cela l'agacerait bien davantage. Allons, dit-il, j'ai eu tort.

Le lendemain, Aelis prend chez elle un gamin du village qui doit avoir huit ans. Contre du pain à midi et une ration le soir avant de partir, il aide comme ses fils l'ont fait jusque-là, à la basse-cour ou au potager, aux cochons, à toutes les tâches qu'elle lui donne sans ménagement et qu'il accomplit sans un mot pour mériter sa pitance. C'est la coutume au village d'embaucher les mouflets les uns des autres pour les façonner, et puis cela fait une bouche de moins à nourrir pour les familles encore plus pauvres. Aelis libère Mayeul, Ambre lâche la petite, et nous allons dans les champs de Germain. Nous allons toujours ensemble, un clan au pas déjà lent, adouci par l'épuisement. Germain et Artaud poussent la brouette avec les outils, ils se la passent à tour de rôle. Au travail, Madelaine et Mayeul ne sont pas épargnés. Lorsqu'ils trébuchent de fatigue à la fin de la journée, Germain en assied un dans le chariot et le ramène endormi par les cahots des chemins, qui mange à peine avant de s'écrouler jusqu'à l'aube suivante, jusqu'au moment où un frère ou une mère le réveille et qu'il faut courir à nouveau les sentiers qui mènent aux terres. De semaine en semaine, malgré le mauvais temps, les champs se retournent, se griffent, se ratissent. Germain a gardé deux jachères où il met paître les moutons d'un villageois qui lui abandonne la fumure en échange. Les sols sont pauvres, avides d'un fumier qu'on ne trouve jamais en quantité suffisante. Tout est long et difficile, dit Mayeul avec du désarroi dans la voix. Il faudra faire avec la nature, apprendre la patience, accepter que tout soit détruit parfois. Avant tout, il faut recommencer : à travailler et retourner la terre, à l'ensemencer, à arracher les mauvaises herbes, à récolter. Le cycle est rond et infini. C'est une source d'épuisement mais aussi d'émerveillement, car au contraire des hommes la nature reprend toujours, même mal, même peu. En attendant, l'hiver nous gèle le nez et les oreilles et nous ne pouvons qu'imaginer ce que sera notre terre une fois plantée et levée. Pour l'instant, elle ressemble à un grand champ vide comme saccagé par les taupes, nous avons du mal à nous la représenter pleine et verdoyante. Nous pensons aux mauvaises années d'avant, celles qui ont gelé la moitié des semences, ou qui les ont pourries, ou qui les ont séchées sur pied. Germain frappe dans ses mains et nous sursautons. Nous sommes là. Nous repartons au travail, nous oublions que nous pourrions échouer.

C'est un jour blanc et froid, un de plus, et Germain a renoncé aux champs depuis près d'une semaine. Dorénavant, le matin, Artaud et lui partent avec Eugène, là-bas dans les forêts on a besoin d'aide pour le bois, celui que l'on débite sur place et que l'on range en longues piles basses prêtes à emporter pour les chariots. Mayeul, Madelaine et moi, nous taquinons le garçon d'Aelis qui court d'une tâche à l'autre autour des fermes. Nous l'accompagnerons peut-être quand il sortira le cochon, celui qui reste, puisque le premier a été mangé pour la Noël selon la tradition : un petit cochon en décembre, et l'autre, qui atteindra peut-être cent ou cent vingt kilos, en février. Chaque fin d'été, le jour où Eugène ramène les porcelets achetés à la ferme des Constant, qui ont trois truies, nous ravit. La moitié du village se sert là-bas car leur verrat donne des cochons grands et gras, et cela vaut les quelques pièces qu'Eugène et Léon mettent sur la table, quand Léon n'échange pas son petit porc contre des sabots neufs, personne n'y trouve à redire, la viande sera bonne. Je revois les trois jours de fête quand les hommes ont fait la dernière tue-cochon au village, qu'ils ont égorgé six bêtes coup sur coup dans la semaine, un chaque matin, trois dans le petit bourg et trois dans des fermes. Un jour pour tuer et faire le boudin, un jour pour la viande et les jambons, un jour pour les saucisses avec tous les restes. Après, on sale, on met à sécher. Nous avons l'impression d'être heureux. Ambre et Aelis ont apporté des morceaux à Rose, cela me semble loin, il n'y a plus d'odeur de viande dans notre maison, un peu de lard qui pend à la cheminée et que Rose découpe avec parcimonie.

Mais Madelaine se moque bien des cochons, cela ne l'intéresse plus de les garder, à présent que nous sommes grands. À présent que nous sommes des paysans, des vrais, avec nos terres, puisque nous nous approprions les champs de Germain. Alors, parce que nous nous ennuyons déjà, nous courons vers les bois. Nous poussons loin. Nous ne crions pas, nous ne jouons pas, comme si nous étions également devenus adultes en prenant des sols. Pour la première fois, je remarque à quel point le visage de Madelaine est creusé et ses yeux décavés. Elle ressemble à une fille, plus à une petite fille. Cela me trouble moins avec les fils d'Eugène, peut-être parce que ce sont des hommes. Les hommes, nous les connaissons épuisés, rudes, rustres. Mais les filles. J'ai toujours l'espoir d'une rondeur, d'une douceur, d'une beauté que même la misère ne parviendrait pas à effacer. Les filles ne sont pas faites pour avoir des cercles violets autour des yeux ni des stries sur les joues, elles ne devraient pas présenter ces mains de vieilles femmes, ces dos déjà voûtés. Madelaine a peut-être douze ou treize ans, et elle a mille ans. Usée par la vie, par la faim ordinaire, par ce que la vie exige de nous simplement pour continuer. Peu à peu, La Foye perd ses gens. Deux vieillards et un enfant sont morts depuis l'automne, cela se voit à peine, et pourtant, on meurt trop vite, il me semble que quelque chose se précipite. Nous payons l'accumulation des années maigres, nous n'y avons pas fait attention, il n'y a pas eu de désastre brutal comme dix ans auparavant, c'est juste trop peu, trop longtemps. Les hommes restent vaillants et tombent d'un coup. Madelaine se moquerait de moi si elle entendait mes pensées et pourtant elle est comme moi, comme nous, sur un fil si ténu qu'un souffle d'enfant le briserait. Seul Artaud prend soin d'elle, Artaud et les jumelles qui ont toujours cette douceur pour elle, dont nous sommes tous jaloux, mais sans amertume. Parfois Madelaine demande à Ambre qui est son préféré, d'eux tous, et Ambre s'exclame, l'enserre en riant, elle dit, c'est toi bien sûr. Aelis à côté d'elles se joint à leur étreinte. Elle dit : moi aussi, ma préférée c'est toi, et je les entends glousser, les fils font semblant de rien, ou alors au contraire ils s'écrient, ils les raillent, elles les femmes, avec leurs sentiments tout le temps, si seulement cela se mangeait – il n'y aurait ni disette ni famine.

Donc nous marchons et nous écoutons, Madelaine et moi, dans la froideur de l'hiver, avec ce brouillard qui ne veut pas descendre. Nous avançons, les oreilles douloureuses même s'il faut les tendre à l'affût d'un oiseau ou des pas d'un rongeur. Nous cherchons toutes les traces possibles de gibier, à en avoir des visions.

Et moi soudain j'entends.

Je me suis arrêté et Madelaine m'observe. J'ai la meilleure ouïe de tous, j'ai deviné le bruit porté par le vent. Son regard m'interroge – nous ne parlons pas. Ce sont les chasseurs, je le sais aussitôt. Ce sont les Ambroisie. Je ne bouge pas cependant, j'écoute. Il aurait fallu partir tout de suite mais je reste immobile, indécis, ce temps qui nous manquera, après.

Bran ?

Je tourne la tête vers Madelaine. À présent elle perçoit elle aussi le bruit étouffé des chevaux dans la neige, les cris des hommes qui encouragent les chiens.

Les chiens.

D'un seul élan, nous rebroussons chemin. Nous avons peu de vigueur pourtant nous déguerpissons, nous regagnons le milieu du bois, là où nous avons des caches, là où nous avons une chance. Nous n'y arrivons pas. Les aboiements se rapprochent trop vite et Madelaine rugit à voix basse, ils nous prennent pour des bêtes, ils nous ont pris en chasse. Je regarde derrière nous et je pourrais courir plus vite, je pourrais m'enfuir, mais en laissant Madelaine et je ne le conçois pas. Alors je la pousse et nous repartons, nos souffles courts et glacés, nos cœurs qui brûlent à l'intérieur. Je préfère crever en décampant plutôt que sous les crocs des grands braques, et j'entends les chasseurs qui les rappellent, qui les disputent, j'imagine les dresseurs les reprendre à la longe, nos pouls tapent dans nos oreilles tels des tambours assourdissants.

Par là, dit Madelaine, et je ne reconnais pas sa voix enrouée.

Nous courons toujours. Les arbres nus nous protègent pour quelques minutes, quelques secondes encore. Ce n'est pas à cela que nous pensons, nous ne pensons qu'à retrouver les maisons, à la chance que nous avons d'y arriver, nous ignorons la défaite. Tout notre esprit, toute notre âme est tournée vers les Montées.

Nous courons.

Le bruit de nos pas sur les feuilles de neige, le raclement de nos trébuchements. Madelaine, la bouche ouverte sur un peu d'air dans ses poumons saturés.

Nous courons.

Mes yeux pleurent de froid. Je sens mon cœur sauter sous mes côtes, remonter dans ma gorge. Je n'ai plus de corps, il y a des membres et des organes et tout se disloque sous l'effet du gel, de la fuite, de ma respiration hachée.

Et je m'arrête. Madelaine s'immobilise pareil, deux pas devant. Nous devinons la vibration. Madelaine n'a pas le temps de comprendre, ce n'est qu'un humain, mais moi. Dans ma tête, l'image s'est imprimée en une fulgurance.

Et parce que je sais que Madelaine ne peut pas y échapper, parce que je sais qu'elle n'a pas encore identifié le bruit de l'arbalète au moment où part le trait, et que nous avons une fraction de seconde avant d'être mortellement touchés, je me jette. Les muscles de mes pattes se déchirent sous l'effort, mon corps se propulse comme une boule de feu. La flèche m'atteint en plein flanc au moment où je saute devant Madelaine, la protégeant de toute ma masse. Il y a la douleur. Immense, saisissante. Le cri de la petite, et ses mains dans ma fourrure tachée de sang alors que je retombe dans la neige. Mais tout va trop vite. La gueule ouverte, j'aspire une bouffée d'air, une bouffée de brouillard peut-être. Madelaine crie mon nom. Et puis tout s'efface.

TROIS

L'hiver est passé sur le chagrin de Madelaine. Comme pour les hommes, la mort du chien est devenue invisible. On n'a plus le temps, ni la force. De plus en plus, les pensées sont obnubilées par la nécessité de se mettre quelque chose d'infime sous la dent chaque jour, cela a l'aigreur et l'acuité des poignards fouaillant les corps, la sensation est physique, terriblement réelle, tellement que lorsque les hommes ont crevé, on les a à peine pleurés. Pleurer érode encore un peu plus la vitalité qui fait tant défaut. À côté de l'absence des morts, il y a le soulagement de moins partager les rations de nourriture, on est moins serrés autour du feu. Alors personne ne saisit bien pourquoi Madelaine s'attriste pour un chien, quand tant d'hommes succombent déjà. Elle se frappe la poitrine. Elle dit : *mon* chien. Les fils d'Eugène haussent les épaules. Pour eux ce n'est qu'une bête. Madelaine s'est empoignée avec Germain.

Artaud s'est radouci les jours suivants. C'est drôle comme, sans s'en douter, il marche sur les traces du chien. Quand ils rentrent des champs et qu'il reste du jour à passer dans les bois, il accompagne Madelaine. Il s'assied près d'elle. Parfois il ne dit rien. Il est là.

La petite est toute à la forêt, n'y prête pas vraiment attention. Le temps s'engrange et Artaud devient une présence régulière, un peu comme les grillons l'été quand on sort des maisons, on ne les attend pas, on n'y pense pas, mais dès qu'on les entend, on sait que les choses sont à leur place. Ils échangent quelques mots, au début c'était pour dire du mal de Germain, ou pour évoquer l'absence du chien et la haine des Ambroisie, et puis cela leur a passé, maintenant ils regardent le monde. Artaud a changé, comme eux tous, il a fait un corps soumis à la faim, noueux, musclé dans le manque. Et, malgré la lassitude, ses traits sont restés beaux ; Madelaine le contemple parfois lorsqu'il travaille aux côtés de Germain, elle les compare, au détriment de l'aîné, cela lui arrache un sourire. Artaud est taiseux. Les jours où Madelaine entend sa voix, elle savoure le timbre bas et doux, les mots qui ne donnent pas d'ordre. Le fils du milieu cherche où se poser entre la force de Germain et la gaieté de Mayeul. S'il a toujours cette fascination pour son aîné, elle est plus mesurée. Il sait que Germain ne fait pas tout bien. Il y a son exigence disproportionnée, sa dureté, dans laquelle il entraîne les autres, de gré ou de force. Avec Madelaine, Artaud s'échappe. Jusque-là, la place était prise, et il pense, perplexe, que la petite lui préférait le chien, ou alors c'est lui qui s'est tenu à l'écart tout seul, il court pour la rattraper. Une ou deux fois, il lui a pris la main. Cela lui a fait une étrange sensation chaude dans la poitrine.

Madelaine ravale sa tristesse et sa colère. Elles sont enterrées au fond d'elle, elle a compris qu'elle ne pouvait pas parler du chien, pas comme ça, pas mieux que d'un homme. Et puis c'est vrai que l'hiver interminable l'oblige à penser ailleurs : Léon sort peu, travaille peu, rapporte peu. La nourriture se raréfie. Si Eugène n'avait pas donné à Madelaine plus que sa part sur les herbes du jardin, s'il ne partageait pas sa farine parce que Aelis l'impose au nom de sa sœur, il ferait faim, dans la deuxième ferme des Montées.

Et ce n'est pas seulement le gel, car il ne gèle pas des mois durant ; c'est simplement le froid, et l'humidité, de ces mélanges qui font craquer les branches des arbres et éclater les pots laissés dehors. Ces jours-là, Madelaine et les fils d'Eugène restent dans les maisons, coincés autour des cheminées pour essayer de tiédir leurs corps aussi glacés que l'air, ils ne sortent que lorsque c'est indispensable. L'indispensable est déjà trop, il faut courir la forêt pour rapporter du bois à brûler parce que les réserves s'épuisent, le bois est mouillé, rangé dans un coin pour ressuyer, les cheminées fument avant de prendre enfin, l'eau suinte des bûches. Ce sont des feux qui ne chauffent pas, qui exhalent d'abord leur propre froideur. On pourrait poser les mains dessus que cela ne les brûlerait pas.

Il arrive qu'Eugène emmène Madelaine avec lui de l'autre côté du Basilic. Son habileté à la hache et sa résistance au travail en font une aide précieuse quand il s'agit de dépiauter les têtes d'arbres pour emporter les fagots. Ainsi pendant qu'Eugène mène le cheval au débardage, la petite hache, taille, tranche, lie les branches qu'elle empile au bord du chemin. Elle dit que ce n'est pas très différent des blés qu'elle a coupés à la faucille et mis en gerbe à la fin de l'été. Elle est contente de reprendre la hache et d'oublier quelque temps les terres agricoles, même si Artaud s'assombrit quand il la voit partir avec son père et le grand cheval. Eugène sourit en appelant Madelaine *mon dernier fils*. Il est rare qu'Eugène sourie et la petite jubile, raconte à sa mère. Léon fait semblant de ne pas entendre.

Mais voilà, l'hiver passe. Ils n'y croyaient plus, au printemps, comme s'il pouvait disparaître. Comme tous les autres, les fils d'Eugène et Madelaine se précipitent aux champs. Les tensions, les moqueries, les hiérarchies entre eux, tout cela s'évanouit en un matin, effacé par la douceur de l'air et le ciel bleu laiteux qui s'étend au-dessus d'eux. Balayé par l'espoir, par la joie insensée de rembaucher leurs corps. Ils comptent les mois. Germain dit qu'ils battront les blés vite après les moissons, pour avoir du grain à moudre, c'est dans quatre ou cinq mois, ils s'y voient déjà.

De l'aube au crépuscule, les cousins travaillent ensemble sur les terres de Germain. Il s'est recréé entre eux la même alliance silencieuse qu'au début de l'hiver, quand ils ont préparé la terre. Seuls, ils n'auraient rien accompli, mais dès lors qu'ils ont compris qu'en s'unissant tout était possible, ils sont devenus une tribu. Ce n'est pas seulement la répartition des tâches qui leur est venue naturellement, chacun selon sa force et son talent, car cela, les autres le font aussi. Il y a quelque chose de l'ordre du dépassement de soi sur lequel ils ne mettent pas de mots. S'ils savaient le dire, ils parleraient d'amour – celui des familles et celui du sang, celui de la loyauté et du don, qui leur prend les tripes et les relève quand l'épuisement les fait tomber, celui qui les précipite pour aider celui qui a trébuché. Ils ressentent terriblement ce lien sans pouvoir l'exprimer, il est en eux, inscrit dans leur chair, ce lien qui a peut-être la même ardeur que celui des mères protégeant leurs enfants. Les fils d'Eugène endurent chaque soir la séparation d'avec Madelaine qui regagne sa maison – ce n'est pas douloureux, c'est plutôt une étrange sensation physique, une part des trois fils s'éloigne avec elle et flotte dans l'air entre leurs deux fermes, un pincement au ventre, un serrement de poitrine. L'élan qu'ils ont le matin quand ils se retrouvent trahit le manque, et le vide, et le malaise subtils des nuits où le groupe se dessoude. Une énergie les irradie au moment où ils reprennent leur place tous de front sur le chemin, Mayeul à gauche, puis Madelaine, puis Germain qui pousse la brouette avec les outils, c'est toujours Germain qui tient la brouette en premier ; enfin Artaud à droite. Mayeul est plus grand que Madelaine bien qu'ils aient le même âge. Germain les dépasse tous en taille mais Artaud le rattrape, l'année suivante ce sera lui que l'on verra de plus loin. Ils sont solides et maigres comme les vieux troncs de noyers qui bordent certains champs de fèves. Ils vont ainsi, leurs silhouettes inégales balançant ensemble le long des sentiers, c'est cela l'important : ensemble. Lorsque les paysans les aperçoivent au loin, ils les appellent les Quatre. C'est ainsi qu'on les reconnaît.

Bien sûr il y a aussi la fatigue et des humeurs. Il n'est pas rare que Germain renvoie l'un des plus jeunes aux Montées pour une raison ou une autre. Souvent, c'est pour calmer une confrontation entre eux, une colère, une douleur. Mayeul cause toujours telle une pie, Artaud lui reproche de bavarder au détriment du travail. Madelaine s'en mêle pour défendre son cousin qui s'épuise autant qu'il le peut dit-elle, Germain les arrête, les raisonne, s'il ne les raisonne pas il les sépare. Il lui arrive aussi de missionner les deux plus jeunes aux fermes pour les épargner, quand il les voit tituber dans les sillons, quand la chaleur leur donne des vertiges ou quand le froid leur glace les doigts et les mâchoires. Il a alors besoin d'un couteau oublié, d'un sac, il demande un outil qui ne servira à rien. Madelaine ou Mayeul ou les deux s'éloignent la tête basse, hésitant entre le soulagement d'un trajet de répit et l'humiliation d'une excommunication provisoire ; à ce moment-là, ils saisissent la force de leur clan, la fissure qui se fait chaque fois qu'ils se divisent. Au retour, rien ne se dit. On continue le labeur et les dos courbés reprennent leur place, il n'y a pas de mots, que les yeux qui se plissent dans un sourire, Artaud envoie une bourrade à sa petite cousine, Allons, ils bêchent les sillons ensemble, demain ils sèmeront.

La première année est généreuse. Un coup de chance, forcément, et ils l'accueillent en riant, ils prennent tout, le blé glisse entre leurs mains. Germain par le biais de son père, car il n'est pas majeur, a payé la redevance de ses terres et partage les récoltes et les moissons, une moitié pour lui et l'autre moitié divisée entre eux quatre, comme il se doit, de manière inégale car Mayeul et Madelaine n'abattent pas autant de travail que les aînés malgré la vigueur surprenante de la petite. Mais c'était dit avant et personne ne proteste. D'ailleurs il reste si peu – l'essentiel des grains sert à payer les terres et les ouvriers venus pour les récoltes, à rembourser les outils. Cependant ils battent leurs blés, eux les Quatre, et malgré les bras rendus douloureux par les fléaux et malgré la poussière, ils ne sont que joie, quelque chose s'accomplit enfin. Germain apporte moudre le surplus et ce sont les sacs de farine qu'ils répartissent entre eux. Le jour où les fils montrent à leur mère la charrette pleine de ces sacs et où Madelaine pousse à la brouette jusque chez elle ce qui lui revient (elle doit faire trois voyages avec l'aide d'Artaud), ce jour-là leur semble une fête. Une fête qui ne s'arrêtera pas, comme on le croit à cet âge, qu'une fois commencée, elle est gagnée. Une fête apportant un peu de mieux, croissant d'année en année, et les Quatre se prennent à rêver d'une existence où le labeur écrasant permet enfin de vivre.

Madelaine apporte aussi un sac de farine chez Rose. Elles se voient peu, la petite contemple de loin celle qui lui apparaît désormais comme une vieille femme et le lien que le chien tissait entre elles a disparu ; mais elle n'a jamais oublié que Rose est la première à l'avoir trouvée, hébergée, nourrie. Elle lui doit son retour au monde, ne sait pas le formuler, en est à peine consciente, seulement l'émotion subsiste quand elle la croise, un élan qui la jetterait dans ses bras, elle le fait parfois et Rose rit en refermant ses bras sur elle. Madelaine, comme Ambre et Aelis entre elles, vole du temps pour retrouver Rose. Elle l'aide un peu au jardin. Et lorsque l'âge se met à tordre douloureusement les doigts de la vieille femme, empêchant les manipulations délicates, elle entre dans l'univers fascinant des plantes. D'abord elle se contente de verser dans des petits pots des onguents, des feuilles réduites en poudre, des macérats inconnus. Et là encore elle veut comprendre. Alors Rose commence à lui expliquer. Madelaine découvre l'immensité de son ignorance, pas seulement la sienne : celle de ses parents, de son oncle et de sa tante, de ses cousins. De tout le village, seule Rose sait. Le regard que la petite porte sur elle vole en éclats. Rose n'est pas uniquement une femme vieillissante qui a besoin d'elle, ou des autres, pour l'aider à rentrer son bois et à retourner sa terre, c'est elle qui a besoin de Rose.

Pour apprendre. C'est bien différent qu'ensemencer, désherber, récolter. Cette fois il faut faire marcher sa tête. Madelaine ressort de ses leçons exaltée, désespérée et migraineuse. Jamais elle n'arrivera à tout connaître, à tout retenir. Cela prend au moins dix années, lui a chuchoté Rose, et elles se sont tues, elles ne veulent pas avouer que Rose n'a pas dix ans devant elle. Elles s'affairent aux onguents les plus courants. Madelaine est vive et explosive. Elle va vite, comprend vite, trop vite. Souvent, elle verse un peu trop, ou un peu à côté, elle chauffe plus qu'il ne faudrait, elle oublie un composant. Inlassablement, Rose la reprend, lui enseigne la patience et la lenteur. Parfois elle l'oblige à s'asseoir entre deux manipulations, à réciter les étapes qu'elle vient d'exécuter, à énoncer les suivantes. La petite s'y plie de bonne grâce, progresse aussi, mais il arrive qu'elle bute, et la colère prend aussitôt le dessus. Elle quitte la maison en courant, criant qu'elle est idiote, elle ne vient plus pendant trois jours. Et puis elle se doit de travailler aux champs, d'aider à la maison ; aux autres, elle n'a rien avoué. C'est une histoire entre Rose et elle. Parfois, quand elle rentre, Ambre la renifle. Tu sens les aromatiques. Madelaine répond d'un haussement d'épaules. C'est chez Rose. Chez Rose cela sent les plantes.

Dans les parcelles de Germain, les Quatre sèment les blés d'automne dès la fin de l'été. Le temps est tiède et humide, exactement comme ils l'espéraient, la terre est meuble, sans résistance lorsque les outils la fendent. C'est comme la première récolte : dangereux que tout soit aussi facile – et pourtant ce n'est pas facile, se dit Germain dont les mains saignent à cause des crevasses, il met de la graisse de porc, les gerçures ne se referment pas. C'est dangereux parce qu'ils s'habituent à trouver sur la table de quoi se rassasier presque chaque jour. Eugène et Léon ont raconté les terribles années de la fin du siècle, les Quatre sont trop jeunes pour s'en souvenir mais la faim est inscrite dans leurs ventres, ils ne connaissent qu'elle. C'est lors de ces deux années de grande famine que sont morts leurs grands-parents, et sans doute les parents de Madelaine, avant que les nouvelles saisons n'apportent un peu de clémence. Pourtant les pères n'y croient pas, ils n'ont pas confiance. Ils s'efforcent de manger chichement, comme s'ils ne voulaient pas être pris de court quand la misère reviendra, parfois ils enlèvent le pain en disant c'est pour demain, ils comptent les pois et les fèves de Germain et ferment des sacs pleins dans les greniers. Ils font des réserves. Quand les enfants crient, s'exclament que les greniers sont infestés d'insectes et que les farines et les fèves seront gâtées, ils n'écoutent pas. Ils savent. Il n'y a pas d'abondance dans ce pays que les guerres et les impôts et les climats ruinent sans relâche. Une farine abîmée se mange quand même, c'est mieux que rien, ils ont connu la famine, ils en sont marqués. Germain finit par se rendre à leur prudence, la peur est contagieuse. Il regarde ses champs avec une appréhension nouvelle, parasité par des pensées qu'il n'a jamais eues. Il en veut à Eugène d'avoir insufflé en lui cette crainte, il s'alarme que l'effroi des parents contamine ses sols, que leurs paroles deviennent des prophéties ou des sorts. Son rêve se heurte à leur résignation et se cabre, trop tard, tout est ébréché. Lui aussi, devant les terres noires retournées et ensemencées, fronce les sourcils. S'ils ont raison. Si l'espoir est vain.

Et pourtant tout va contre leurs peurs et leurs prédictions car l'hiver suivant les épargne et le printemps fait à nouveau jaillir les blés. Il fait chaud au mois d'avril, puis en ce début mai, et les graines ont levé haut et fort, d'un vert tendre qui donne envie de les manger à même le sol. La terre a été tiède très tôt, accueillante, confortable. Il a plu aussi, et elle est pleine de vie. Au village ils ont tous semé, ils ont tous ri en voyant les belles journées et les plants qui sortent et grandissent de semaine en semaine.

Il fait trop chaud oui.

Germain pressent que la saison ne pourra pas se maintenir, mais peut-être est-ce l'influence de son père dans sa tête, il ne sait plus. Personne ne sait. Il y a juste ce mois de mai estival et, à cet instant, rien ne permet de dire que quelques jours plus tard, le vent de nord-est se relèvera pour finir tardivement son hiver et qu'il gèlera la campagne quatre nuits de suite, brûlant tout sur son passage, les bourgeons et les fleurs des fruitiers et les jeunes cultures dans les champs. Il y aura les regards effrayés en constatant que ce qui a verdi précocement est en train de brunir et de se recroqueviller sur pied, et rien ne sera sauvé, il faudra compter les semences de réserve pour essayer de replanter à la hâte, pas assez, l'été qui suivra sera médiocre, ruinant les récoltes.

En juillet comme en août, les hommes guettent dans le ciel les semaines belles et sèches qui permettraient de faucher les blés, de les engranger, de mettre la paille en meules, en un mot de s'assurer une saison froide à l'abri de la faim pour eux et pour leurs bêtes : ils attendent en vain. Ils finissent par récolter de maigres moissons souillées d'humidité. Les Quatre ont été obligés eux aussi de couper les blés sous un crachin partiel, la saison avançait trop loin, toujours trempée, il a fallu s'y résoudre en septembre. Germain leur commande d'étaler le grain le plus largement possible dans les greniers pour qu'il finisse de perdre son eau ; dès qu'il le trouve suffisamment sec, il l'emmène moudre. Et nul ne sait si la farine se gardera ou si elle va coller et moisir, ils n'ont pas fermé les sacs, ils espèrent, et ils prient en silence, chacun à sa façon, les fois que l'un d'eux va vérifier l'état des réserves et qu'il plonge le bras dans la farine. Il faut que ça ressorte blanc, poudreux, léger. Ils se sont demandé ce qu'ils feraient si cela commençait à pourrir. Du pain, tout de suite, a dit Germain. Pendant qu'il est temps. On paiera le four juste pour nous, des dizaines et des dizaines de pains qu'on essaiera de conserver, ils seront durs, on les trempera. Pourvu qu'ils ne moisissent pas. Aucun d'eux ne souhaite en arriver là, le pari est trop risqué.

Le ciel les entend peut-être – la farine ne se gâte pas. Il y en a juste trop peu. Ils mangent un peu plus serré, l'automne s'annonce tôt, ils tentent de semer des blés d'hiver. Les provisions baissent plus vite que prévu et octobre à son tour reste humide. Il pleut trente-huit jours d'affilée. Les sols saturés d'eau flétrissent la moitié des graines. Par endroits, là où des rus serpentent en bordure, les champs se dévident des semences en crevasses emmenées par les débords de pluie. Les Quatre rentrent du travail trempés, loqueteux, le dos brisé. Bientôt ils arrêtent d'y aller tous les matins : il n'y a rien à faire. Les cultures clairsemées pourrissent sur pied, les tiges moisissent sans avoir pu pousser. Ils ont croisé des hommes du village aussi désespérés qu'eux, avec leurs bras qui ne servent plus ; pour se donner un but, on se rabat sur le bois, sur les mille petites choses de la vie quotidienne dans les maisons et les granges. Mais elle est longue, cette attente, avec la pluie qui revient sans cesse, la terre n'a pas le temps de respirer, pas le temps d'avaler les averses qu'il en revient déjà, la Noël se passe sans qu'ils aient pu retourner aux champs. La perspective de la mauvaise saison devient terrifiante.

Et, d'un coup, un nouvel hiver les cueille sans prévenir.

Dans la nuit du six janvier, les flux d'air polaire qui ont commencé à pétrifier la campagne la veille font brutalement chuter les températures vingt degrés en dessous de zéro. Le vent glacial aggrave le sentiment de froid qui saisit alors les hommes et les bêtes. Ce transpercement indescriptible donne l'impression de geler jusqu'aux os : les vêtements ne servent à rien tant l'air s'infiltre partout en meurtrissant les chairs qui se figent à l'intérieur. Même respirer se fait à petits coups pour ne pas se brûler les sinus et la gorge. Les doigts de Madelaine sont gourds et elle souffle dessus avec l'illusion de les tiédir ; elle craint qu'ils ne tombent à force de ne plus les sentir. Encore une fois, ils abandonnent les champs.

Ils patientent deux jours avant de retourner aux cultures dévastées, se relayant pour marcher devant, deux en tête et les deux autres suivant les yeux fermés pour échapper au gel qui leur colle les paupières et leur fait pleurer des larmes de glace. Ils ont enroulé autour de leur tête des tissus arrachés aux chemises. Le froid cogne à leurs tempes et dévore leurs oreilles avec des sifflements qui remontent jusqu'au creux des crânes. Les parcelles de leur peau qui ne sont pas couvertes – sur le point de tomber en lambeaux. Jamais ils n'ont été confrontés à un air qui porte tant de froid ; jamais ils n'ont pensé qu'ils pourraient mourir du temps qu'il fait mais ils le croient tous ce jour-là, sidérés par la violence du blizzard, par leur solitude dans un monde qui s'est nimbé de voiles blancs et opaques et leur vision qui s'interrompt à quelques mètres.

Dans les champs, le désastre est annoncé : toutes les pousses qui avaient survécu à la pluie ont gelé. La terre a durci si vite qu'ils n'écrasent déjà plus les mottes de terre en marchant dessus. Ils rentrent en tremblant et Germain dit qu'il faut compter les sacs de farine, ils encaissent coup sur coup le mauvais été et la destruction des semences d'automne, le printemps ne donnera rien, il dit que les greniers seront bientôt vides, que les pères avaient raison, ils ne feront pas l'hiver, la faim qui les a toujours tenus va cette fois les tuer.

Cet hiver-là les met à genoux. Des semaines entières s'écoulent sans que la terre dégèle, le sol est dur comme un rocher qui aurait poussé sur le monde. Chaque matin, les hommes se cassent les chevilles sur les mottes d'herbe figées. Ils ont dû poser des planches sur le haut des puits de peur que l'eau ne gèle elle aussi. Madelaine et Artaud descendent un jour jusqu'au Basilic ; ils n'ont jamais vu ses rives prises comme elles le sont. La glace enserre les bords, s'aventure à plus de deux mètres, là où le courant l'empêche. Ils hésitent à poser les pieds dessus pour en mesurer l'épaisseur. Ils n'osent pas. L'air est si froid qu'ils ont du mal à respirer.

La vague de gel ne faiblit pas. Certaines nuits, Madelaine se réveille en tremblant, elle qui d'ordinaire ne craint pas les basses températures. Elle entend le vent dans les interstices des fenêtres pourtant fermées avec des doubles volets et elle sait que quelque chose d'exceptionnel se produit. Quelque chose qui durera jusqu'au printemps, qui brise janvier avec des températures jamais vues, les arbres restent blancs de givre de jour en jour, les murs des maisons crachent de l'air froid malgré les cheminées que l'on nourrit sans relâche. Mayeul et Madelaine sont responsables de ce bois toujours humide et pourtant nécessaire. Chez Eugène, tous dorment dans le grand lit des parents pour se faire un peu de chaleur. Ambre et Léon ont appelé Madelaine avec eux mais elle refuse de les rejoindre sous les couvertures, préférant s'enrouler au bout de la pièce avec les chiens que l'on a fait rentrer et qui s'allongent sur la pierre tiède du foyer. Madelaine passe ses doigts dans les pelages. Parfois elle pense à Bran, et puis elle chasse l'image du grand chien transpercé par le trait d'arbalète. Et c'est difficile de trouver le sommeil quand il y a trop de froid ; les mains et les pieds gelés empêchent le repos, grelotant par réflexe, gênant le corps, et la tête qui ne veut pas se taire, ne veut pas cesser ses lamentations et pleurniche qu'il fait glace, même à l'intérieur de la maison où parfois, dans un recoin, le gel prend à la surface des brocs d'eau.

Chaque nuit Madelaine se dit que c'est une nuit de plus gagnée sur le froid alors que chaque matin quand elle retrouve ses cousins, avec leurs longs visages livides, elle se sent plus vulnérable. Elle se rend chez Rose presque tous les jours, autant pour continuer son lent apprentissage que pour vérifier que la vieille femme est toujours vivante. Les gestes et les mots de Rose lui semblent engourdis, comme saisis par le gel, figés dans sa tête. Certains matins, cela ne sort pas. Madelaine s'assure qu'il y a un peu de soupe chaude sur le feu, bavarde un moment, observe les petits pots remplis de baumes. Pour faire de la vie, elle questionne sur l'un ou l'autre, à quoi cela sert et quelle est la plante principale, où trouveront-elles la bétoine et la chélidoine au printemps. Elle voudrait accompagner Rose, elle voudrait connaître les places, toutes les places sentent le secret – celles des champignons, celles des baies, celles des plantes. Rose hoche la tête, ne répond pas toujours. Madelaine charge du bois dans la cheminée et s'en va, jamais entièrement rassurée.

Entre la ferme de Rose et la sienne, elle découvre parfois des animaux qui ont gelé tout droit et qui se tiennent raides dans la campagne blanche, des bêtes qui croyaient trouver aux abords des maisons de quoi manger un peu : petits rongeurs aux yeux encore surpris, oiseaux ébouriffés, et même des chats sortis chasser trop loin quand il ne fallait pas. Il arrive qu'elle les rapporte à Ambre, elles hésitent à les manger, et puis la faim est plus forte et Ambre dépiaute les chats comme les lièvres, pendus par une patte, la peau tirée par-dessus la tête. Dans la soupe, personne ne fait la différence.

Le soleil ne s'est pas montré depuis des semaines, les journées sont d'un gris humide qui accentue la sensation de froideur. Il suffit d'un peu de vent, parfois juste de l'air, pour glacer les visages et les mains. L'herbe a comme fondu sous le gel ; quand Madelaine marche au-dehors, cela craque sous ses pieds, craque sous ses doigts quand elle touche un arbre ou une plante, elle ne peut rien saisir sans le briser tant tout ce qui est vivant, de sève ou de sang, devient dans le froid extrême plus fragile que du verre. Un jour elle trouve une musaraigne toute raide que la nuit a attrapée. En la ramassant, elle veut la débarrasser de quelques brindilles de bois collées à son pelage et le petit animal casse net, laissant le haut de son corps dans une main et le bas dans l'autre. L'intérieur est rouge mais le sang ne coule même pas, aussi figé que les os qui font une saillie blanche le long de la colonne vertébrale. Madelaine reste un moment à la regarder comme si elle cherchait une solution ; puis elle replace les deux moitiés l'une sur l'autre et pose la musaraigne au sol dans la même posture où elle l'a trouvée. Elle ne veut pas manger cette bête-là. De toute façon la musaraigne est trop petite, trop maigre elle aussi, à l'image des hommes. Madelaine l'oublie au bord du chemin.

Le craquement des branches vaincues par le gel qui tombent sur la terre avec un bruit de bois mort rythme les jours. Tout crève. Du village aux Montées, ils savent qu'ils ne peuvent pas y échapper, ils ont beau lutter, ils ne s'en sortiront pas tous. À La Foye, quatre vieillards et trois enfants de plus sont morts, on ne peut pas tenir le froid quand il n'y a plus rien à manger. La terre est gelée trop fort et les hommes ont dû hisser les cadavres enveloppés de tissu aux branches des gros arbres pour les mettre à l'abri des prédateurs en attendant le redoux, en attendant de pouvoir les enterrer. Cela fait d'étranges fruits glacés au-dessus des têtes quand on arpente la forêt pour un peu de bois mort ou dans l'espoir de rapporter une bestiole crevée, cela fait des ombres larges qui se balancent avec lenteur en se reflétant sur le sol quand le vent souffle du nord-est. Les enfants sont des paquets plus menus que les autres, d'habitude ce sont des anciens qui sont hissés aux branches. Les enfants ce n'est pas normal, même si la mort colle aux pieds des hommes depuis toujours.

Malgré les attentions de Madelaine, Rose meurt elle aussi au début du mois de février. La petite la trouve un matin en arrivant devant sa porte, assise comme si elle avait passé la nuit là, comme si elle avait guetté la mort pour être sûre de ne pas la manquer. Rose, toute seule. Parfois il faut une raison pour survivre. Madelaine lève la tête chaque fois qu'elle passe sous son corps hissé à un arbre, son cœur oscille un instant avec la vieille suspendue, en rythme lent, elle pose une main sur sa poitrine, elle continue son chemin. Elle a rapporté chez Ambre les baumes dont elle connaît l'usage mais le savoir de Rose a disparu. Personne ne prendra la relève. Personne n'en est capable. Madelaine récite en silence les onguents qu'elle a préparés avec elle, elle sait déjà qu'elle n'arrivera pas à les refaire seule.

Le froid et la faim alliés dévorent le village. C'est l'un d'abord et l'autre ensuite. Au fond, tout est lié. Madelaine continue à errer dans les bois avec Artaud. Ils ne le disent pas mais ils rêvent d'une apparition, un chevreuil égaré ou même un lièvre étique qu'ils partageraient entre leurs deux familles, qu'importe, pourvu que cela se mange. La faim prend des proportions immenses, ils ne pensent plus qu'à cela. Ils n'en parlent pas, parler lui donne vie, à cette faim-là, parler réveille les ventres qui s'étaient tus un instant et qui se remettent à crier en tirant les entrailles. Pour se donner l'illusion d'être rassasiés, encore une fois les hommes commencent par boire, ils sont gonflés d'eau. Mais, après un moment, même l'eau ne masque plus le creux de l'estomac et la sensation de souffrir d'un vide en plein milieu du corps explose et les rend fous. Ils cherchent n'importe quoi à manger, comme s'il valait mieux grignoter de la pourriture que mourir de faim. Les petites charognes, ils les mettent à cuire, se les partageant les doigts tremblants. Ils ne se demandent plus depuis quand elles peuvent être là – nul ne s'en soucie, l'affamement rend déraisonnable, tant que l'on peut manger. Le lendemain, les plus faibles, enfants et vieillards, se tordent de douleur, rendent la viande avariée infestée de microbes et c'est revenu à zéro, moins que zéro car les germes mauvais se sont installés et on meurt dévoré de l'intérieur, c'est ça ou crever tout court, le beau choix. Les femmes mélangent la sciure de bois aux dernières soupes de fèves pour les rallonger et les épaissir, la dysenterie vide les entrailles, s'ajoute aux maladies des bronches que le froid a dispersées partout dans le pays, il n'y a pas d'issue. Les yeux des enfants sont blancs comme les terres givrées. Des familles entières se couchent dans les chaumières glaciales en attendant que la mort les étreigne les uns après les autres ; les parents voient s'éteindre leurs petits et ils ne peuvent rien faire, exsangues eux-mêmes et les mains vides. Et c'est cela la vie, crever ensemble sans autre solution, sans Dieu pour sauver le monde, un Dieu qui a déserté depuis longtemps cette région hostile. Les plus forts gagnent le droit de regarder mourir ceux qu'ils aiment. Les plus forts volent les plus faibles pour vivre encore un jour.

Ceux qui restent sont durcis par la faim et l'effort. Des enveloppes de chair où les os cognent les uns contre les autres, des muscles atrophiés par le manque de nourriture, ils se rendent à peine compte de leurs forces qui déclinent, c'est le mauvais temps pensent-ils, et leurs chevilles se tordent, et leurs bras flanchent, ils rentrent se déshabiller tout contre le feu, manger si peu, dormir, parfois oui ils se disent que ce serait plus simple si tout s'arrêtait. Mais l'instinct les relève le lendemain. Ils sont devenus des animaux, seule l'ardeur de vivre un jour de plus les occupe. Tous les matins, Madelaine retrouve ses cousins sans un mot, terrassée par l'idée qu'ils pourraient si facilement mourir de cette faim qui les habite. Ils vendraient leur âme pour avoir quelque chose dans leur gamelle et leurs yeux dévastés donnent une idée de ce qu'ils accepteraient de faire pour trouver de quoi se nourrir un soir de plus. Dans la forêt, ils grattent le sol pour dénicher des racines et c'est cela qu'ils mangeront au souper, des racines bouillies qui font mal au ventre, ils ont faim chaque heure de chaque jour, ils ont faim depuis des années.

Madelaine part seule parfois, avant l'aube, éperdue. Pour Ambre. Le dénuement la rapproche encore de sa mère dont elle saisit les mains osseuses et blanches en lui jurant qu'elle ne reviendra pas bredouille. Toute sa quête est tendue pour elle. Elle se battrait au sang pour rapporter de quoi la nourrir, même un ver, et Ambre l'étreint, elle ne dit plus qu'il ne faut pas craindre, comme elle disait au début de l'hiver, elles se tiennent l'une contre l'autre, muettes, gelées, affamées. Léon effondré au coin de la cheminée triture des copeaux de bois oubliés dans ses poches. Il n'est plus question de se réunir autour d'un pichet de vin et son humeur est maussade, le manque de nourriture l'affaiblit davantage que d'autres, l'alcool l'avait déjà vidé de sa chair, ses traits brunissent, s'affaissent, ses doigts tremblent. Ambre veille à ce qu'il ne vole pas le peu de pain qu'ils ont encore, la confiance est perdue, pour cela et pour tant de choses, elle dort devant la maie.

Madelaine se force à se lever quand il fait encore nuit. Le courage la déserte, et les forces, mais pour sa mère. C'est pour cela qu'elle se redresse sans bruit, sans réveiller personne, elle s'enveloppe dans sa cape, enfonce son bonnet, et chaque aube la saisit avec le même souffle glacé au moment où elle ouvre la porte. L'espace d'un instant, elle hésite. Elle pense qu'elle ne pourra pas. Et puis elle avance, et avec elle le jour qui fait des ombres grises à la campagne.

Quand les fils d'Eugène la rejoignent, elle dit qu'elle n'arrivait pas à dormir. La vérité est que leur compagnie la réconforte mais la dérange, si elle trouvait quelques baies gelées encore mangeables. En combien de parts faudrait-il partager ? Et si c'était eux qui trouvaient ? Parfois elle aimerait leur dire qu'ils sont chez elle, et qu'ils s'en aillent. Que c'est son territoire et que ce sera sa nourriture. Bien sûr rien ne lui appartient – de toute façon elle revient de plus en plus souvent la besace vide ou presque, elle doit se réjouir de quelques racines au goût fade, elle en pleurerait. À la maison, le pain s'est mis à son tour à lui donner des nausées. Tant qu'elle en a ramassé, Ambre a mis dans la pâte ses marrons, ses glands et ses faines pour suppléer le manque de farine. Désormais elle n'en déniche plus. Et pourtant ce ne sont pas les cochons qui les chipent, les cochons, ils les ont mangés depuis longtemps, trop vite, ils n'étaient pas assez gros mais il faisait si faim. Aujourd'hui l'étable est vide. Toutes les étables de La Foye sont vides, et les réserves. Ce sont les bêtes sauvages qui ont ratissé les sous-bois, et quand Madelaine est rentrée deux jours de suite sans un gland, Ambre a dit que c'était inutile dorénavant. Elle a fait ce que faisaient les ancêtres, elle a ajouté aux pâtons de la farine de bois ou de la farine de paille, de l'argile ou de la craie, selon ce qu'elle trouvait, pour donner du volume. Le pain est grumeleux, mauvais et pèse plus lourd que l'or. Ils sont malades. Ils n'ont pas le choix.

Au fond, se dit Madelaine, la forêt est aussi affamée que nous. Elle la traverse saisie par le froid, immobile et silencieuse. Rien ne s'y passe. Rien ne bouge. Pour surprendre quelque chose, il faudrait attendre des heures et la petite ne le peut pas – elle en mourrait. Ou il faudrait tout secouer, pour obliger la nature à sortir, tout bouleverser comme le font les chasseurs dans leurs traques démentes, avec les sabots des chevaux tordus sur la terre glacée et les hurlements des chiens derrière un gibier effaré. Cela, Madelaine le peut encore moins. Elle rentre à la ferme à petits pas, sa besace pendante, écrasée de fatigue et de colère.

Certains jours, la rumeur court que les Ambroisie ont commandé des chariots de farine dans des régions éloignées, et que les villageois devraient les recevoir bientôt. Cet espoir leur permet de tenir un peu plus, même s'ils ne voient rien venir. Et cet hiver plus rude encore que les autres, qui leur fend les lèvres et les mains, qui leur abîme les pieds et les gèle tout entiers, cet hiver finira par avoir leur peau. Madelaine regarde les fils d'Eugène, leurs couches de vêtements trop grands, dans lesquels ils ne flottaient pas tant, avant. Ils pèsent de moins en moins lourd. La petite a la sensation qu'il fait de plus en plus froid mais ce n'est que sa maigreur, elle n'a plus de chair pour se protéger, son corps glacé finit par refroidir encore un peu plus ses vêtements et ses couvertures. Elle ne sait plus comment se tenir près de la cheminée, de dos ou de face, tant elle grelotte du côté qui ne prend pas la chaleur des flammes. Elle est en fureur aussi, parce qu'au château il y a à manger elle en est certaine. Pas autant qu'avant, mais personne ne mourra de faim chez les Ambroisie. Cela lui fait monter le rouge aux joues, elle dit que la vie est injuste, qu'ils prennent la moitié du blé parce qu'ils possèdent les terres. Et pourquoi sont-elles à eux, ces terres ? Ce n'est pas une question que les autres se posent, les choses ont toujours été ainsi. Madelaine enrage. Elle arpente les bois des Ambroisie et rien ne la détournera si elle trouve un gibier. La faim quand elle vous prend, la faim ne connaît pas les interdits.

Artaud l'accompagne souvent, sans quoi Ambre ne la laisserait pas aller si loin dans les bois. Elle a écumé les rives du Basilic mais c'est comme si les poissons eux aussi avaient gelé, le fleuve est blanc et béant. Personne n'aime manger cette chair au goût si particulier ici, et pourtant ni les fils d'Eugène ni Madelaine n'auraient aujourd'hui de ces petits dégoûts, et s'ils attrapaient des poissons ils les dévoreraient en suçant chaque arête, ils en lècheraient la peau, ils saliveraient à leur odeur grillée sur le feu ; seulement voilà, ils ne les trouvent pas. Ils se replient dans la forêt. S'il y a un animal un seul, ils le sauront. Rien n'échappera. Là aussi, ont-ils mangé tout ce que les bois détenaient de chair fraîche ? Madelaine hume l'air glacial qui n'apporte aucune odeur, elle court pour détecter un pas, un grattement, un passage. Elle fouille les buissons, scrute les abris des arbres. Elle voit et entend tout, pourtant rien ne lui parvient. Le monde s'est vidé du vivant. Elle regarde les pierres et elle demande à Artaud s'ils pourraient les manger en les pilant très fin.

À la fin du mois de février, le village de La Foye ressemble à un agrégat de petits amas givrés et immobiles. Des maisons à moitié vides mais encore trop pleines, des voix tues, des hommes terrés. Les corps ne sont plus que des peaux distendues sur des os saillants. Plus que tout il manque l'élan, celui qui permet de se lever encore, de sortir chercher à manger pour continuer une semaine de plus, un jour, une heure. C'est le même spectacle de désolation depuis des jours, le même paysage figé dans un froid terrible. Par vagues, les températures restent négatives la journée entière et l'étau du gel se resserre sur tout ce qui est vivant. Humains, animaux, plantes, ils n'en peuvent plus, leurs forces restantes rassemblées juste pour ne pas mourir et qui ne suffisent pas. Les ruisseaux et les puits ont pris, Madelaine casse la glace une fois par jour avec sa hache pour en tirer des gamelles d'eau, une glace épaisse comme son poing. Et c'est surtout le silence : pas un cri d'oiseau, pas un bruissement, pas un mouvement. Tout se dissimule et se soustrait – tout crève dans sa cachette car aucune ne creuse assez loin, aucune n'est assez tiède, et puis il faut bien sortir pour se nourrir ou laper une flaque glacée et le froid saisit les bêtes sur l'herbe givrée, une herbe jaunie recroquevillée qui ne repoussera jamais, gelée jusqu'aux racines. C'est dans ce monde lunaire qu'ils doivent survivre, un monde qui n'est pas fait pour les hommes.

Ni pour rien.

Arbres éclatés, gelés, ouverts tels des lambeaux de bois épars.

Au milieu de ces jours-là, ils perdent Léon.

Il disparaît alors qu'il sort avec Madelaine à la recherche de racines. D'habitude c'est toujours Ambre qui accompagne la petite, mais Ambre est malade, il y a cette toux profonde la nuit et Madelaine n'a pas voulu que sa mère affronte le gel cet après-midi-là, cela fait trop de froid, elle craint que l'épuisement n'ait raison d'elle. C'est pour cela que Léon est avec elle malgré la méfiance entre eux, ils ne doivent pas sortir seuls, être seul c'est risquer de tomber et qu'on ne retrouve jamais aucune trace. Alors ils vont à deux, enveloppés par le brouillard polaire, ils ne reconnaissent plus la campagne dans laquelle ils sont nés. Madelaine et Léon sont partis vers midi, après une soupe claire qui leur a brûlé la gorge. Ils ont prévu de marcher une heure, peut-être deux, pour aller au-delà des terres mille fois fouaillées par les autres. Surveiller le ciel. Rentrer avant la nuit, absolument. Ils devront faire demi-tour, que les besaces soient pleines ou vides. Madelaine marche devant. Madelaine a la forêt inscrite en elle. Madelaine se moque du jour qui grise pour faire place à un crépuscule sombre et froid, elle a été loin, jusqu'à trouver quelque chose à rapporter à Ambre. Derrière elle, Léon marmonne. Elle ne l'écoute pas. Léon qui prend la plus grosse part de nourriture parce qu'il est l'homme du foyer, elle ne comprend pas pourquoi, Léon ne travaille guère – quelles sont les forces dont il a besoin ? Lorsque la soupe arrive, il ordonne à Ambre de le servir davantage, la moitié de la marmite. L'autre moitié, Ambre et Madelaine se la partagent, et c'est pareil pour le pain. Alors il peut bien marcher, Léon, pense Madelaine en colère, elle ferme ses oreilles lorsqu'il dit que la nuit va tomber, ils ont rebroussé chemin trop tard, ils rentreront dans l'obscurité.

Madelaine avance à petits pas rapides. Le brouillard qui s'est levé efface les repères et les distances.

Même elle, elle hésite. Mais c'est là. Elle bifurque, cherche, retrouve, regarde le ciel presque noir où les étoiles s'allument peu à peu. Elle accélère. Léon l'appelle.

Madelaine. Attends.

C'est comme ces enfants tout fous qui n'en font qu'à leur tête, elle va plus vite, happée par autre chose, la tension du chemin reconnu. Les arbres qu'elle ne voit plus dans la nuit lui giflent le visage et l'écorchent. La pensée de sa mère l'emmène, l'inquiétude la saisit brutalement, comme si l'obscurité décuplait le danger qu'il y a à laisser Ambre seule à la maison. Madelaine essaie de se rassurer mais pour Rose aussi elle était rassurée, et pourtant, alors l'angoisse la pousse encore, au pas de course, elle perçoit son souffle rauque dans sa gorge.

Madelaine !

C'est la dernière fois qu'elle entend Léon. Elle ne suspendra rien, ni sa course ni ses gestes, il y a longtemps qu'il n'existe plus pour elle. Elle est seule avec la nuit, seule avec le froid. Il n'y a pas d'animosité dans le monde qui l'enveloppe et elle ne se sent pas menacée, pas vraiment, elle pense que Léon a raison, elle a tardé à revenir. Mais elle sait instinctivement qu'elle rentre vers les Montées et un étrange apaisement l'envahit. Les mains levées devant elle à cause des branches, elle écoute ses pas sur le givre, les craquements autour d'elle, elle devine que des animaux sortent. Le cri d'une chouette. Des bruissements qui pourraient être n'importe quoi. La conscience du temps lui échappe. Marcher.

Lorsqu'elle ouvre enfin la porte de la ferme, les lèvres bleuies, les yeux écarquillés et qui ne veulent plus se fermer, Ambre la serre dans ses bras avec une plainte étouffée. Sa mère l'assied près de l'âtre, l'enroule dans une couverture. Elle apporte une tasse de soupe chaude, Madelaine a du mal à avaler, tout son corps fonctionne au ralenti. Peu à peu le rose lui recolore les joues, sa peau brûle, elle trépigne, elle frissonne. La question ne vient qu'après. Et Léon ? Madelaine secoue la tête. Elle ne sait pas. Il était derrière elle.

Ils le trouvent au matin, alors qu'Eugène et Germain sont venus à l'aide pour fouiller la forêt. Léon est assis contre un arbre. Ils ont d'abord cru qu'il était endormi mais ses yeux sont ouverts, fardés par un voile laiteux. Il n'est qu'à une demi-heure de marche des Montées. Il s'est perdu, dira Eugène. Ils vont chercher le grand cheval pour ramener la dépouille qu'ils soignent et enveloppent avant de la pendre à un hêtre derrière la grange. Ambre et Madelaine restent là à contempler le paquet suspendu. Il n'y a pas de tristesse, juste de la sidération. L'homme qui était là hier encore. Ambre ne dit rien, ne reproche rien. Elle passe un bras autour des épaules de la petite. Elle sait qu'Eugène devra prendre soin d'elles à présent et cela lui fait quelque chose de troublant. Elle ne veut pourtant pas être un poids. Elle regarde sa fille. Toi et moi, murmure-t-elle. Nous pouvons nous en sortir. Madelaine sourit. Quand elles rentrent, la maison leur semble grande. La nuit, quand elles sont pelotonnées l'une contre l'autre, Madelaine voudrait que cela ne change jamais.

Dès que le temps s'adoucit, Madelaine et ses cousins travaillent leurs parcelles glacées avec la lenteur des faméliques. Germain a eu une idée insensée que seule une faim dévorante a pu mettre dans son crâne : les pousses ont gelé – sauf qu'au bout des pousses tellement récentes, il y a encore les grains. Des grains ouverts, à demi pourris, mais ils sont prêts à manger tellement pire. S'ils récupèrent tous les grains de tous les sillons, ou même la moitié, ils en auront des sacs pleins. La tâche leur paraît immense, incongrue, follement excitante. Les jours de dégel, le dos plié sous les averses froides, ils sarclent à genoux. Cela leur demande une attention aiguë, s'ils bêchent un peu trop, le grain s'enfonce sous la terre et ils le perdent. Alors telles des fourmis, ils s'affairent à petits gestes incessants. Ils déposent les graines dans des seaux que Madelaine rafle régulièrement. Elle est chargée de laver la récolte. Les mains violacées par le froid, fripées par l'eau, elle secoue, elle enlève les gravelles et les bouts d'herbe, elle rince. Lorsque c'est assez propre, elle transvase, court vers ses cousins recueillir leur pauvre ramassage.

Le temps d'un après-midi, ils obtiennent près d'un seau de grains. Ramené à leurs efforts à tous les quatre, cela pourrait les décourager, mais ils ont les yeux qui brillent. Depuis combien de temps n'ont-ils pas vu autant de nourriture, ils ne se souviennent pas ; ils partagent et cette fois Madelaine réclame sa part égale. Germain la lui cède. Son père lui a dit le matin, lui a ordonné tu laisseras pour Ambre et Madelaine.

Ensuite il faut rentrer, mettre à chauffer ce qui reste des grains et qui n'est pour beaucoup que l'enveloppe, mais pas seulement, bouillir lentement pour que les ventres le supportent, l'odeur douceâtre du blé qui cuit remplit les maisons. Les femmes obligent à fractionner. Il en restera pour le lendemain, et encore le jour d'après. C'est comme manger du pain avant qu'il soit du pain, il s'agit surtout de se nourrir davantage, donner l'impression qu'on n'a plus atrocement faim. Dans le réconfort de la bouillie chaude ils disent qu'ils recommenceront le lendemain, si le temps le permet, leurs ongles cassés, leurs doigts écorchés ne les gênent plus, demain ils iront.

Peu à peu, le gel déserte la campagne. Le mois de mars voit se succéder des journées presque tièdes et des éclats de froid, l'hiver lutte, ne veut pas céder. Il est trop tôt pour semer et ils n'ont plus de graines. Les sacs sacrés, ceux que l'on garde dans les greniers pour les semences de l'année suivante, ils les ont mangés, tous, de la première à la dernière maison de La Foye. Ils savent le risque qu'ils ont pris mais la famine les a forcés. On ne peut pas se laisser mourir de faim lorsqu'il y a du grain entreposé au-dessus de sa tête. Ils ont attendu aussi loin que possible – un jour c'était fin janvier, ils n'en pouvaient plus, ils ont éventré les sacs. À présent ils dépendent des marchands, ils ont envoyé des messagers. On dit que dans les grandes villes du pays, ils ont libéré les blés conservés dans les magasins d'abondance, que les grains arriveront bientôt. Les marchands ne viennent jamais pendant l'hiver. Ils seront là dans le mois qui court et les villageois n'ont pas de quoi payer, pas tout, ils seront débiteurs, la récolte de l'année suivante est déjà engloutie dans le crédit qu'on leur fera. D'année en année, ils sont de plus en plus pauvres. Il faudrait une saison magnifique. Les anciens en parlent parfois au coin du feu avec du bleu dans les yeux, ces années où le blé et le seigle dégueulaient des greniers, ils disent qu'ils ne savaient plus quoi en faire et ce n'est pas vrai, c'est pour l'histoire. Mais ils avaient tous de quoi manger, de quoi reconstituer les réserves, aujourd'hui ce temps leur semble idyllique, personne ne pensait que la famine reviendrait aussi fort et aussi longtemps. Les gens d'Église clament que c'est pour les péchés du monde. Tout le monde cherche dans sa mémoire les petites mauvaisetés individuelles qui ont mené à cette grande catastrophe, les Quatre continuent à fouiller la terre.

Qu'il y ait dans le pays des centaines de milliers de morts de faim, cela ne les touche pas. La seule chose qu'ils voient, c'est qu'à La Foye, sur près de cent soixante habitants, ils en ont perdu quatorze. Eux, ils ne veulent pas en être. Ils creuseront jusqu'au fond des sols s'il le faut, là où même les vers de terre ne vont plus. Chaque jour ils regardent passer Eugène et le grand cheval, Eugène s'occupe des chargements de bois, il ne peut plus traverser le fleuve. Il accumule des fagots et des branches qu'il attèle derrière Jéricho. Il les hèle, ses fils et Madelaine, ils s'arrêtent un instant, répondent en grands gestes lents. Cela fait du bien au cœur de se voir. Savoir qu'ils sont tous là à refuser de mourir, chacun à sa façon. Eugène porte du bois chez Ambre. Il n'y a plus de place pour l'émotion et pourtant. Ils se regardent, leurs visages vieillis avant l'âge, décharnés, leurs peaux diaphanes où courent des veines mauves, il s'en faut de peu qu'ils ne se reconnaissent pas. Chaque année en vaut dix quand chaque jour est une épreuve pour vivre.

Et pourtant.

Ils se voient et cela frissonne. Eugène pense à la place libre à côté d'Ambre, pense à Léon mort, à une distance qui se rétrécit mais qui persiste, il se tait, pose le bois dans la grange. Ambre ne lui propose pas de s'asseoir, elle n'a rien pour lui, que la conscience de leur déchéance physique qui tue peu à peu les sentiments, on ne peut pas aimer une vieille femme ridée de trente-cinq ans dont les dents ont commencé à se déchausser. L'existence est un abîme, se dit-elle.

Et pourtant.

Il est beau, Eugène, et elle aussi, tous deux à leur façon, famélique et évaporée, de ces beautés qui se maintiennent malgré les coups du destin, increvables, insolentes. Ils se sourient et d'un coup la misère s'évanouit. Ils sourient rien de plus, ils n'ont pas la force, il n'y a pas d'avenir. Eugène repart avec cette pointe de chaleur dans la poitrine. Fais attention, dit encore Ambre, les chemins glissent, la pluie a emporté le gel.

Et pendant des semaines le cloaque s'installe.

Il pleut à débord, il pleut et les jours semblent avoir raccourci tant la grisaille les décolore. Dans les champs, Germain Madelaine Artaud Mayeul voient les grains leur échapper des mains, culbuter dans les sillons, se fondre dans les bourbiers. Il faut courir après, presque comme on court après les châles que le vent emporte. Des grains si gâtés qu'on a l'impression de manger de l'eau. Mais Germain ne veut pas plier. Il retourne et dans son élan emmène les trois autres, des boules de boue gluante, épaisse, lourde, pieds trempés, jambes qui se dérobent. Aucun d'eux ne proteste. Aussi modeste soit la récolte, elle permettra de souper ou de faire semblant, avant que les semences arrivent, avant que l'on puisse les planter, avant qu'elles donnent des épis. Parfois ils mesurent le temps qui les sépare de la prochaine moisson, même s'ils fauchaient trop tôt, et tout est trop loin. Affronter des mois de famine, de maladies et d'épuisement, en priant pour que le printemps les sauve, mais le printemps, cela signifie des cultures qui ne donneront pas avant l'été, et de là où l'on se trouve, cela fait encore la moitié d'une année à attendre, la moitié d'une année à supplier, la moitié d'une année pour crever sec. Les marchands sont leur seul espoir, promesse de graines et surtout de farine, c'est maintenant qu'il faut manger, pas dans un mois, pas dans six mois. S'il n'y a plus personne pour semer et plus personne pour récolter – Madelaine hausse les épaules, eh bien, dit-elle, il n'y aura plus personne pour manger et tout sera réglé.

Quelque part dans leur conscience, ils savent leur fragilité. Ils ne l'écoutent pas, ils ne la regardent pas. Les faibles sont déjà crevés en haut des arbres. Ils sont d'une autre race. Le soir les observe harassés et voûtés ; le matin ils repartent et c'est un chant de guerre au fond de leurs poitrines. Est-ce que cela pouvait durer ? Ils ne sauront pas, ils ne se posent pas la question, ce serait trop dur. Il faut seulement se relever et aller, ne penser à rien d'autre, ne pas ouvrir la porte au doute.

Se tenir.

Sinon ça tombe.

Artaud a crié.

Aussitôt ils accourent. Ils le relèvent mais ça s'effondre. Et soudain Madelaine la voit. La blessure. Elle le dit. Elle le hurle. Germain lâche le bras de son frère, le laisse allongé sur la terre mouillée, regarde. La jambe saigne en bas, à travers la toile de la culotte. Qu'est-ce qui s'est passé, crie-t-il.

Artaud a les mains serrées sur cette jambe tachée d'un rouge vif qui s'étend à vue d'œil. Il ne répond pas, il y a trop de douleur. Et puis c'est tellement idiot. Une glissade, la houe qui manque le sol. La houe tapant sa jambe, il a entendu le bruit sec contre l'os, et tout de suite après l'éclair de souffrance. Il est habitué au mal. Entre ses dents, il dit que ça va passer.

Ils le ramènent aux Montées. Chacun y va de son bras, de son dos pour le soutenir. Germain a bandé la blessure serrée avec sa ceinture de laine, ils ont enroulé la jambe, agenouillés au milieu de la boue et de la pluie, on dirait une guêtre trop grande. Artaud a le visage blanc comme les aubes de l'hiver. Il voudrait les renvoyer, rentrer seul – il n'y arrive pas. Avec précaution, il pose le pied au sol. Ça se dérobe, Germain le rattrape. La troisième fois, ça marche. Il appuie, un peu. Cette jambe qui l'abandonne. Combien de temps avant de pouvoir repartir au travail ? Aelis accourt en les voyant de loin, petit paquet de silhouettes arc-boutées pour aider le blessé, elle ne distingue que cela, l'amas des corps, elle sait que quelque chose ne va pas.

Le lendemain a un goût étrange. Pour la première fois, Artaud n'est pas avec eux. Ils pataugent dans les champs et l'absence pèse sur la terre. Silencieux trop souvent, Germain ne rit pas, Mayeul ne bavarde pas. À la mi-journée, Germain renvoie les deux plus jeunes. La pluie a tout raviné, il n'y a rien à espérer des sillons vides, ou si peu. Ils seraient mieux à donner la main aux Montées, à arpenter les bois en guettant un oiseau, un mulot, une baie. Mayeul et Madelaine s'en vont, l'aîné aspire l'air. Il lâche ses outils, s'assied sur une pierre et contemple l'horizon là-bas, où la montagne commence. Parfois l'envie d'être seul est plus forte que le travail et la faim et la fatigue, c'est pour cela qu'il a laissé filer les autres, pour respirer, pas physiquement, mais dans sa tête, pour reprendre haleine avec au loin ces montagnes dessinées à la serpe. Il a entendu causer de ciels bleus comme seuls les ciels d'au-dessus des nuages peuvent l'être, d'un air si pur qu'il renverse les têtes, de paysages à couper le souffle. Lui Germain, les paysages qui lui ont coupé le souffle jusque-là sont des champs empierrés, parce qu'il a fallu les retourner complètement pour les rendre cultivables et qu'il a cru y laisser son dos ses bras ses mains avec ses frères, qu'il a cru y laisser sa peau tout simplement, haletant contre un arbre en attendant que son cœur revienne. Là-haut ce n'est pas ainsi que le souffle se coupe il l'a compris, on parle de beauté, on parle de choses différentes.

Germain – avec ses outils par terre qu'il ne veut pas reprendre – essaie de saisir ce qu'est cette beauté-là. Pour lui, un sabot est beau quand il est bien fait, un champ est beau parce qu'il a bien poussé, un outil est beau si on a patiné son bois et que sa lame tranche net : la beauté, c'est lorsque les choses sont en ordre. Il pressent la limite de sa vision, la façon dont elle s'accommode mal de la description qu'on lui a faite de cette montagne là-bas, un lieu magique et grandiose – et parce que rien dans sa vie ne lui a jamais paru magique ou grandiose, parce qu'il en faudrait un peu, se dit-il, il pense qu'il devra aller voir par lui-même, il emmènera Artaud, et ça coince dans sa tête.

Germain ne sait pas nommer l'absence. Il la ressent au creux de son ventre, il la malaxe dans sa tête, mais les mots le dépassent, ne servent à rien. Il pense aux animaux quand on les sèvre des mères, agneaux, porcelets, chevreaux, qui crient pendant deux jours, parfois trois. Après c'est fini. Ils ont oublié. On peut les remettre dans le même troupeau la semaine suivante, ils ne se reconnaissent pas. Le lien s'est brisé. Ce ne sont plus des mères et leurs petits, ce sont des bêtes adultes et des jeunes bêtes côte à côte, chacun sa vie, ce qu'il y a eu avant ne compte plus. Germain voudrait être une de ces bêtes pour ne pas souffrir.

Alors il ramasse les outils, il entaille la terre. Il n'essaie même pas de trouver des grains, c'est pour occuper le corps, pour l'épuiser, qu'il commande à ses pensées de cesser de geindre, cesser d'avoir peur et de dire que les blessures sont dangereuses. Peu à peu, cédant sous la fatigue, l'image d'Artaud s'éloigne. Est-ce que je suis comme les bêtes, se demande Germain, est-ce que je suis en train de l'oublier – déjà. Est-ce que je lui en veux ? De cette blessure, parce qu'il n'est pas là, parce que c'est lui qui nous abandonne, tout bien réfléchi. C'est lui qui s'en va. Nous, nous n'avons pas changé, nous sommes toujours pareils.

Le soir, Germain reste à distance. Artaud est à table avec eux, presque comme si de rien n'était, c'est ce que l'on pourrait croire, un peu plus pâle peut-être, un peu de sueur sur son front. L'aîné se tient loin, cela le protégera pense-t-il, de l'émotion, il ne veut pas faire de place à l'émotion, c'est l'histoire des femmes, lui c'est le labeur qui le tend, qui l'habite, qui le lève. Il regarde Artaud, son air sombre, coupable. Artaud qui mange et ne travaille pas. Mais pour rien au monde Germain ne voudrait être à sa place, avec la douleur et avec la honte, seulement il ne faudrait pas que ça dure trop, ils ne peuvent pas assumer ça, il dit, tu reviens quand ?

Il en a vu des hommes au labour avec des jambes démises.

Aelis dit que l'os pointe hors de la chair, que c'est impossible, il faut que ça se remette. Si seulement ils avaient un rebouteur – mais Rose est morte, c'était la seule qui savait, qui aurait pu aider. Germain ne veut pas entendre. Entendre ça fait mal. Et aussi il se sent fort. Il en éprouve du remords, pourtant vraiment il se sent solide à côté d'Artaud blanc et immobile. Il pense aux hommes qu'il connaît et qui ont eu eux aussi ces blessures, ceux qui boitent dans les champs ou qui tiennent un bras replié sur lui-même. Peut-être qu'Artaud sera comme eux, un corps à jamais abîmé, quelque chose de tordu qui persiste, un creux dans la chair, une force enfuie. Cela ne le concerne pas. Ce n'est pas sa faute. Ce n'est pas sa jambe. Lui – on peut compter sur lui, il ne se défaussera pas.

Germain continue à vivre.

À Madelaine qui demande chaque matin comment va Artaud, il répond d'un haussement d'épaules. Ça va.

Mais les jours passent avec lenteur et ça ne va pas.

Un matin la petite traverse la cour, entre dans la maison, trouve Aelis blême et tremblante. La jambe d'Artaud est exposée sur le banc et ce qu'elle voit est laid, noir, rouge, jaune. Ce qu'elle voit est Artaud avec la fièvre qui lui fait des suées et lui colle les cheveux, et puis ces tressaillements qu'elle reconnaît aussitôt, pour les avoir déjà observés sur d'autres, rarement, et elle se fige. Ce n'est pas ce qu'elle a cru. Ce n'est pas ce qu'a dit Germain. En vérité, le mal est autre, à l'intérieur. Il est là. Madelaine les yeux écarquillés rentre tout au fond d'elle pour ne pas crier.

Elle regarde Aelis et elle comprend qu'Aelis sait. Madelaine pense que si Rose était là, mais Rose n'est plus. Et quand bien même : ce mal-là – oh comme elle a de la difficulté à le dire même en silence – ce mal-là, on n'en guérit pas. Elle se souvient de Rose secouant la tête. On peut mettre tous les cataplasmes du monde et boire toutes les plantes de la terre, personne n'en a jamais réchappé. Et Madelaine ne veut pas lever les yeux sur Artaud, il a deviné lui aussi. La plaie est hideuse, le mal est plus profond et plus grave. Si ce n'était que la jambe. Mais non. Le mal circule, empoisonne, attaque. Aelis chiffonne sa blouse entre ses mains. Ce matin-là, Artaud a eu les mâchoires qui se contractaient, des crampes incontrôlables. C'est le signe, murmure-t-elle, et elle fixe Madelaine, l'effroi, l'épouvantable effroi entre elles. Elles n'ont pas besoin de parler, leur mémoire jette les images devant elles. C'était au village. Deux fois elles l'ont vu.

Artaud a la bouche pincée comme pour bloquer les cris et Madelaine voudrait lui dire de l'ouvrir cette bouche, parce que bientôt il ne pourra plus, mais il a fermé les yeux – descendu dans son corps pour le sonder, descendu et voyant qu'il n'y a rien à faire, déjà pris par une force si supérieure à la sienne, une force qui se nourrit de sa chair, il est barbouillé de sang à l'intérieur et son corps sursaute, il pense : cela commence.

Le mal met du temps à venir, comme s'il voulait laisser place à l'espoir. Il consent quelques jours, une dizaine, pendant lesquels chacun pense que ça ira, que malgré leur état de faiblesse à tous, Artaud s'en sortira avec sa vilaine jambe, ce n'est qu'une jambe. À la fièvre, on répond que le corps lutte. La fièvre est presque bon signe. Aelis donne à Artaud un peu plus de nourriture, pour aider.

Et puis le mal frappe. À partir de là, à partir du moment où tous l'identifient parce qu'on ne peut plus l'ignorer, les regards se font bas. On n'ose plus en parler. Eugène, Germain, Mayeul, ils se tiennent à distance, concentrés sur la faim qui les tenaille, surtout ne pas donner de nom à cette saleté qui dévore le fils, le frère, cette maladie de la rouille et de la terre qui l'emporte déjà. Parce que cela va vite, incroyablement vite.

Madelaine avait raison : deux jours plus tard, Artaud n'arrive plus à ouvrir la bouche. Aelis est effrayée par son rictus – sourcils froncés, lèvres serrées, tout se bloque peu à peu, se rigidifie, l'élasticité le déserte, lui donne par moments un masque sardonique qu'elle refuse de regarder. Le soir ils mangent tous sauf lui, il voudrait, mais sa bouche ne lui obéit plus. Eugène et Mayeul passent un fer à la commissure de ses lèvres pour faire couler un peu d'eau, un peu de soupe, pas longtemps, Artaud s'étouffe. Eugène est descendu au village même s'il sait bien que personne ne pourra l'aider.

Les spasmes commencent, les contractures du visage, bientôt c'est le corps entier qui est pris. Madelaine déserte les champs, elle assiste Aelis avec Ambre. Elle se contente de maintenir la cheminée chaude chez elle, le reste du temps elle est dans la maison d'en face, elle prend la main d'Artaud quand il peut la lui laisser. Les mères s'occupent des travaux quotidiens mais elle, Madelaine – Artaud la cherche, l'appelle, on lui demande de le veiller. À voix basse, terrifiée, il raconte à la petite la puissance hors du commun qui arque son ventre et son dos dans des mouvements à lui briser les os, qui tend ses muscles jusqu'à leur point de rupture et il crie de douleur quand cela arrive. La première fois, Madelaine sort de la maison en courant. Elle revient. Il supplie. Qu'on le remette dans le bon sens, qu'on le replie, et elle tire sur ses bras pour le reprendre, elle a l'impression qu'une bête immense le lui dispute de l'autre côté. Elle n'a pas assez de force. Elle appelle les mères, elles finissent par enrouler Artaud autour d'un billot de bois, lui liant les mains aux pieds pour replier ses vertèbres en position fœtale, contrer l'extension, ce qu'elles ont vu faire à La Foye et qu'il est impossible d'oublier – comme les jours suivants et l'horreur grandissante. Au village l'un des anciens a dit de ne plus attacher Artaud, que ses muscles et ses os s'en briseront.

Alors Madelaine se fait violence, elle promet d'être là chaque fois qu'il ouvre les yeux, elle ne peut pas davantage, être là, soutenir ce regard, cette lueur paniquée qu'elle ne voudrait plus jamais voir. Souvent elle observe les pots d'onguents rapportés de chez Rose et qui ne servent à rien, elle a envie de les briser contre le mur, ces baumes inutiles, si seulement elle avait eu plus de temps, pour apprendre à soulager peut-être, guérir il n'y faut pas penser, aider simplement. Aider à passer, aussi, mais elle ne sait pas, son ignorance l'accable.

Aelis s'approche parfois. Son visage est fermé, elle sait qu'il n'y a pas d'espoir. Elle attend que son fils meure. Elle prie pour cela. Pour que la douleur cesse. Avec Ambre elles décident d'installer Artaud chez Léon, dans la ferme d'en face, pour le soustraire aux regards effrayés d'Eugène, de Germain et de Mayeul. La pensée est épouvantable mais la vie continue, alors lui, le fils défaillant, on le met à l'écart, on l'enlève, il faut que les hommes gardent leurs forces, gardent de l'allant, surtout ne pas contaminer leurs esprits. Madelaine se retrouve seule avec sa mère et le garçon à l'agonie. Rien ne l'apaise, ni les linges qu'elle met sur son front, ni les couvertures dont elle l'enveloppe, ni l'odeur des herbes qui calment.

Elle reste trois jours entiers près de lui. Il n'est plus qu'un tressaillement. Son visage est bleui par la douleur et la rigidité, Madelaine se surprend à ne plus retrouver la finesse de ses traits, la beauté s'est enfuie, terrassée par la souffrance. Elle le reconnaît à peine. Lors des crises qui le tordent dans des hurlements, il n'est plus qu'une chair animale secouée de spasmes, une force inouïe pour un corps aussi dévasté, elle s'accroche à ses mains, ne le quitte plus. Elle ravale ses larmes, Artaud est son préféré, le sort le lui dispute, l'aura forcément, elle sent venir la séparation une fois encore et la vie lui semble absolument injuste. Peut-être avait-elle imaginé autre chose pour eux ; lors de leurs longues errances dans la forêt, il y avait leurs regards, leurs sourires en coin, cette drôle de petite brûlure dans le ventre. Quand leurs mains se touchaient autour d'une racine ou pour se passer le sac de grosse toile, cela faisait chaud. Il ne faut plus y penser, cela n'arrivera plus. Madelaine le sait, Artaud aussi. Pendant les rares moments d'accalmie, quand la petite l'abrutit de plantes, ses yeux brillent sur elle, douloureux et pourtant toujours avec cette douceur qu'elle regrette déjà. Elle enroule ses doigts autour des siens, souvent il pleure. Il n'en peut plus. Les instants de répit ne lui servent qu'à appréhender les rechutes. Son seul réconfort, c'est Madelaine. Elle est là. Je serai toujours là, dit-elle, bouleversée par cette promesse qui ne devra tenir que quelques jours. Mais elle croit au miracle. De manière insensée, absurde, elle dit qu'ils vont renverser le destin.

L'après-midi du quatrième jour, entre deux convulsions qui l'étouffent, Artaud saisit le bras de Madelaine et lui demande de l'aide. Elle hoche la tête, elle a les mains qui tremblent, de fatigue, d'émotion. Je te tiens, souffle-t-elle. Il la repousse. Pas comme ça. Elle le regarde, ses yeux s'écarquillent, entre les mâchoires qui ne veulent plus s'ouvrir, elle devine les mots : elle doit l'achever. S'il était une bête on l'aurait tué pour abréger ses souffrances, c'est cela qu'il faut faire, il n'est pas moins qu'une bête, Madelaine je t'en supplie.

Mais Madelaine s'enfuit, l'idée la terrorise. C'est bien différent que de saigner un lièvre ou un cochon.

Madelaine.

Elle appuie ses mains sur ses oreilles pour ne plus l'entendre.

Et puis il y a l'aube suivante où le corps d'Artaud se tord à l'envers comme si on l'écartelait avec toute la puissance de chevaux de labour. Cette aube où ses hurlements dépassent ce que Madelaine connaît de douleur humaine ou animale. Ambre n'est pas là, elle aide déjà Aelis de l'autre côté de la cour, cela ne sert à rien d'y courir, pour faire quoi. Madelaine se penche sur Artaud, ses yeux révulsés, la terreur dedans. Elle est d'accord. Elle le dit. Elle attend que la crise passe, rien n'est possible avant, la maladie a trop de force.

Ensuite c'est le matin et Madelaine est assise seule dehors sur l'herbe givrée. C'est l'une des rares fois depuis des semaines où il y a du soleil. Un soleil pâle et glacé qui ne donne pas de chaleur mais la lumière est jaune et douce, une lumière qui change le monde, le regard que l'on porte sur lui, les choses qu'on y fait. La terre gelée a des reflets de fleur.

Peut-être le silence aussi est-il moins lourd ; si peu que personne ne le remarque et Madelaine s'étend sur le dos, sent le froid transpercer ses vêtements. Elle ferme les yeux, ce n'est pas grave le froid. Il tape à l'arrière de son crâne et elle pense qu'il en faudra davantage pour apaiser le bouillonnement de sa tête. Elle tourne les poignets, pose ses mains à plat sur le sol. La tension qu'elles portent descend dans la roche, leur tremblement la quitte lentement – soit que la glace l'absorbe, soit que la terre entière se mette à trembler et l'espace d'un instant, Madelaine a la sensation profonde qu'un certain ordre se remet en place, un ordre vide et triste, un ordre tout de même.

Elle observe la fumée qui sort de sa bouche et fait un petit nuage dans le ciel clair. Le soleil est voilé et elle peut le regarder droit dans les yeux. Parfois un oiseau passe dans son champ de vision, s'envole de plus en plus haut dans le halo doré de la brume matinale puis disparaît à tire d'aile, plongeant vers une destination qu'elle ne connaît pas. Le cœur de Madelaine palpite dans des battements sourds. Elle essaie de se concentrer à présent : penser aux autres qu'il faut aller chercher, aux mots qu'elle dira, d'abord la couverture pour envelopper le corps d'Artaud. Bientôt, pense-t-elle. Bientôt elle se lèvera et elle traversera la cour, elle entrera dans la ferme d'Eugène, là où ils sont vivants, elle annoncera. Ils diront que c'est bien. Qu'il ne fallait pas que ça dure. Aelis et Ambre pleureront. Pour l'instant, le corps de Madelaine est lesté de plomb, collé à la terre, elle a besoin d'un tout petit moment pour rassembler ses forces, pour effacer l'aube et se convaincre de continuer. Cela tire sur le coin de ses yeux. Elle suit du doigt le tracé des larmes qui ont mouillé son visage, qui descendent en un fin sillon jusqu'à ses oreilles et jusqu'à son cou. Elle voudrait qu'elles ne sèchent jamais, pour se souvenir.

À côté d'elle, elle sent le corps d'Artaud immobile. Elle ne le regarde pas, elle ne le touche pas. Juste elle sait qu'il est là. Artaud enfin calme, comme cela doit être, il ne faut pas pleurer.

Madelaine a nettoyé sa hache et son couteau pour effacer le sang. Elle voudrait effacer les images aussi, lorsqu'à l'aurore elle est sortie de l'abri avec Artaud secoué de spasmes, Artaud voulait voir le ciel et ils se sont éloignés sans bruit, Madelaine avait les yeux rouges, c'est lui qui a dit en premier – il ne faut pas pleurer. Il s'est allongé exactement comme elle à cet instant, avec les contractures qui le faisaient tressaillir de plus en plus souvent, sa respiration saccadée. Il a regardé les nuages un moment, les silhouettes des arbres qui se modelaient lentement dans la lueur encore grise du jour ; puis il a fermé les yeux et elle a su que c'était maintenant. Comme les bêtes. D'abord un coup avec le plat de la hache pour estourbir, ensuite le couteau qui tranche la jugulaire.

Quelques secondes.

Artaud n'a pas bougé, il n'a pas essayé de se débattre. Madelaine connaît les gestes, elle était sûre de son fait, seulement ce n'était pas un animal étendu devant elle, elle ne devait pas hésiter, pas flancher.

Puisque tout était vain.

Artaud n'a rien senti.

Madelaine a regardé le sang sur la lame du couteau, sur ses mains, ses bras. C'était autre chose, ce sang-là. Elle a vomi de la bile dans l'herbe, une tache jaune au milieu du givre, c'est venu d'un coup.

Lorsque enfin elle se lève, la tête lui tourne. Elle écarte les bras, elle a l'impression de flotter, que ça ne va pas très bien. Elle respire. Une fois, deux fois. Si profond que son cœur pourrait y rester. Alors elle longe la maison, elle passe la cour, la main posée sur le muret. Il y a une petite lumière dans la ferme d'Eugène. Soudain elle a hâte de sentir l'odeur de la bouillie du matin et du mauvais pain, hâte de retrouver sa mère, de se jeter dans ses bras, en silence.

C'est Aelis qui la voit en premier. Ils sont tous là dans la pièce tiède. Ils se retournent. Ils ont compris. Est-ce que c'est fait ? demande Aelis à voix basse, et Madelaine hoche la tête, elle ne dit pas ce qui est fait, ni que c'est trop lourd pour elle. Elle se demande s'il y a des mots pour raconter la dernière aube d'Artaud, elle voudrait oublier, elle sait que c'est impossible, que ce sera impossible, toute sa vie, c'est elle qu'on a laissée avec lui. Elle cherche Ambre du regard, mais c'est Aelis qui s'approche, le visage fermé, Aelis qui ouvre ses bras, les referme sur elle. Ambre s'ajoute à elles. Elles se serrent fort, les hommes les observent de loin, n'osent pas. Elles s'agrippent, pour qu'aucune ne tombe. La douleur de l'enfant mort les tient ensemble.

D'un coup le printemps s'installe, fragile, les champs appellent les semences. L'urgence est là, à demander aux corps épuisés de nouveaux efforts sans rien offrir en échange : il faut labourer, planter, recouvrir. Une fois de plus, la nécessité balaye le chagrin, la faim anéantit la pensée. Madelaine est dans les pas de Germain, épaule contre épaule avec Mayeul, Eugène reprend le débardage. Personne ne parle d'Artaud. Cela fait un mois. Un mois c'est une éternité. Le chagrin se tapit au fond d'eux, ne se montre pas. Le chagrin s'estompe vite, il y a trop à faire pour survivre.

Le convoi de céréales a fini par arriver au Pays Arrière. Les villageois ont acheté à prix d'or du blé, du seigle, du sarrasin, l'illusion d'un salut, la colère aussi, les cours ont encore monté. Les marchands sont venus avec une garde pour se protéger des cris des pauvres. Dans certains bourgs, des mouvements de foule ont pillé les charrettes et blessé les commerçants, si les gueux ne veulent pas mettre la main à la poche ils n'auront rien. Ambroisie-le-Père a fait venir un second convoi pour distribuer à ses paysans, cette fois c'est le maître qui a payé, ils en parlent entre eux, les plus amers disent que c'est pour sauver ses manœuvres mais la plupart remercient à part eux. Ils ont été impatients de se mettre au travail, dès que la terre serait prête, ils n'attendaient qu'elle. Ils veulent montrer à Ambroisie-le-Père qu'ils sont reconnaissants. Le joug ne leur pèse plus, ils consentent, le vieux Magne a remis à chauffer le four, le pain a embaumé dans les chaumières. Bien sûr que le maître prendra davantage sur la récolte de cette année : il faut reconstituer les greniers. Là aussi ils sont d'accord. La servitude leur semble normale et l'existence se joue au jour le jour, ils ne pensent pas six mois plus tard, l'avenir est une notion qu'ils esquivent. On verra bien, disent-ils.

Alors avril donne le départ des semences. Germain travaille comme un ogre, immense, puissant, il ne rentre jamais avec Madelaine et Mayeul à la fin de la journée. Il reste dans ses champs jusqu'à la nuit noire, jusqu'à ce que ses yeux n'en puissent plus, ni son dos, ni ses bras, il ne veut pas que l'on dise qu'Artaud manque, il travaille pour eux deux. Parfois il allume un brûlis pour continuer encore. Mayeul revient avec un morceau de pain, l'aide une dernière heure. Dans l'obscurité qui les ramène aux Montées, il tient la main de son aîné qui ferme les yeux d'exténuement.

Ambre et Madelaine ont emménagé chez Eugène. Les jumelles en avaient parlé entre elles après la mort de Léon, la place laissée par Artaud achève de les convaincre : il vaut mieux assumer la charge d'un seul logement. L'autre ferme sera occupée un jour à nouveau, quand Germain prendra femme, et Madelaine aura la petite maison de Rose, on imagine les

Montées revivre, s'épanouir, se dilater, pour contrer l'absence et la mort il faut remplir l'espace, il faut essayer d'espérer. Eugène et les siens dorment dans un grand lit à gauche de la pièce, Ambre et Madelaine s'installent à côté, avant la table, avant la cuisine et le foyer.

Les sœurs font face au désastre à deux. Bien sûr ce n'est pas ce qu'elles avaient espéré, ni la mort d'Artaud ni celle de Léon, encore que Léon, mais non, elles ne peuvent pas dire cela, elles ne voulaient pas, seulement maintenant que c'est fait : du malheur, elles tirent le meilleur possible. Parfois elles se regardent, elles pensent que la distance entre les deux fermes est enfin abolie, à quel prix. La mort de Léon a réuni les deux sœurs et Aelis soupire parfois en pensant à son beau-frère, elle lui doit cela, et puis elle se reprend, le destin lui a volé un nouveau fils, il n'y a pas de quoi être heureux. Et pourtant Aelis se sent légère. Elle se mord les lèvres, il ne faut pas, mais la joie contenue revient, la présence d'Ambre la ravit, quelque chose renaît en elle. Les deux femmes retrouvent cette complicité d'enfants, le plaisir de chaque corvée ensemble, ensemble ça n'est plus si dur, pourquoi ne l'avons-nous pas fait avant se demande Aelis. Elle ne voit pas Eugène abîmé dans la même contemplation qu'elle, les yeux rivés à la silhouette d'Ambre, cela ne l'intéresse pas, cela n'existe pas.

C'est un printemps trompeur, doux, presque chaud, qui vient trop tôt après les chagrins. En fin de journée, Germain s'assied au bord d'une parcelle avec Madelaine et Mayeul. Leurs fronts ruissellent, ils se sentent bien, et puis les souvenirs s'en mêlent et le bonheur s'estompe, le bonheur qui n'est jamais total et jamais très long. Ils se demandent ce qui se passera, quand ils auront planté leurs champs tièdes, ce qui viendra de mauvais pour équilibrer le monde, puisqu'une belle chose s'accompagne toujours d'une laide, et cela recommence, ils ne peuvent pas s'empêcher de craindre, même Madelaine qui n'a peur de rien, qui rendra coup pour coup au destin mais ce qui doit advenir adviendra. Ce printemps, ils s'en méfient. Ça fait des mines, ça virevolte, ça s'emballe, ça ne prévient pas. Un jour tout s'écroule. Un jour de gel, un jour de guerre, un jour de mort. On ne peut pas faire confiance à la vie. Les anciens transmettent de génération en génération la mémoire de la peste qui a tué un homme sur trois lors de la grande épidémie, il a suffi d'un navire et de rats infectés, cela a commencé en été, en juillet, le mois d'avant personne ne connaissait la maladie, personne n'aurait pu prédire ce qui allait arriver. Toute leur existence se cale sur cette incertitude. Il n'y a pas de lendemains infaillibles.

Madelaine surveille la douceur de l'air, le sens du vent, la couleur des nuages dans le ciel. Si elle le pouvait, elle couverait leurs champs comme couvent les poules, bras écartés pour les protéger, elle les rassemblerait sous elle, elle s'assiérait sur les jeunes pousses pour les garder du gel. Il faut juste espérer. Il faut s'en remettre à – c'est difficile, ils se défient de tout, ils ne croient qu'en leurs mains et les mains parfois n'y peuvent rien. Par moments, quand l'appréhension les gagne, ils courent à l'église, l'église qui les condamne, parce que tout cela, la faim, le froid, les moissons gâtées, tout le malheur enfin, c'est à cause d'eux les hommes, ils récoltent ce qu'ils sèment. Et Madelaine crie en silence que ce n'est pas vrai, elle le sait si bien, il n'y a pas de lien entre ce qu'ils plantent et ce qu'ils reçoivent, ils y ont mis tout leur cœur et leur cœur on le leur crève. Madelaine dit qu'elle ne retournera pas à l'église, Ambre l'oblige, par ces temps-là il n'est pas question de se faire montrer du doigt. De toute façon, ce n'est pas par là que la suite du malheur arrive ; mais tous l'ignorent encore.

Alors la vie ordinaire reprend au Pays Arrière. Eugène et son cheval descendent vers le bac dès l'aube, les deux fils restants et Madelaine suivent le chemin des terres. Le blé a commencé à lever. Où que porte le regard, les pousses d'un vert tendre couvrent les sols cultivés, tranchant net avec les parcelles en friche où la végétation sort de l'hiver noire et jaune. Germain a récupéré un nouveau terrain, cinq ares de fougères mortes et d'épines, au début il a dit que ce serait pour l'année suivante, mais l'impatience le trahit, il s'attèle, Madelaine et Mayeul l'imitent. Ils défrichent, ils coupent, ils retournent. C'est aussi l'occasion d'essayer l'outil prêté par un des villageois, un outil qui permet de gagner des jours de travail en fendant la terre pour l'ameublir, et Germain dit qu'il en fera venir un si cela vaut la peine. Pour l'instant ils ne savent pas, ils s'en servent mal, ils apprennent. Germain se familiarise lentement avec le soc, perplexe car l'araire exige deux laboureurs, un qui le tire comme tirerait un bœuf s'ils en avaient un, et l'autre qui manie le manche en enfonçant l'outil dans la terre. Pour le premier, le travail est harassant et Germain est le seul capable de treuiller avec suffisamment de force pour emmener l'araire. La résistance du sol ne cesse de donner des à-coups dans les traits, lacérant ses épaules qui portent des marques de peau brûlée. La tâche avance plus vite qu'à la bêche et à la houe bien que plus durement ; cependant on leur a prêté l'outil, c'est leur seule chance de rendre la terre cultivable pour la saison et il s'acharne, il l'utilise autant qu'il le peut pour ne pas regretter, le regret est l'absence du bœuf. Le grand cheval d'Eugène ferait encore mieux l'affaire mais cela non plus, Germain ne l'a pas, Jéricho débarde du bois et son père en a nécessité, il ne demandera pas. Ce serait stupide d'imaginer cesser un travail d'un côté pour en accomplir un nouveau de l'autre et il ne reste que lui Germain pour prendre la place du bœuf et ahaner sous le soleil du printemps. Il ne tient pas la journée, par moments il prend la bêche ou la houe, il pense et c'est un comble : pour se reposer. Quand il se réattèle, Mayeul et Madelaine mènent l'araire derrière lui, mener ne requiert qu'une force ordinaire. Madelaine a essayé pourtant, une fois que Germain avait jeté l'outil au sol, exténué, excédé, elle a bondi, elle a dit – moi aussi je peux. L'aîné l'a laissée faire. Arquée de toutes ses forces, penchée en avant au point d'en être presque parallèle à la terre, Madelaine a décollé l'araire. Pendant quelques instants, Germain y a cru. Il a pensé qu'ils allaient partager la tâche, qu'ils se relaieraient, que ça irait. Incrédule mais soulagé. Et puis la petite a vacillé. Elle a insisté, cherchant dans son ventre un cri de rage qui l'aiderait à tirer encore, elle a appelé Mayeul, sachant qu'il ne pouvait pas lâcher le mancheron, et c'est elle qui a cédé, elle s'est extraite des liens, les larmes aux yeux. Elle a ramassé des cailloux qu'elle a lancés sur l'outil en le piétinant et Germain est venu l'arrêter en courant, Madelaine tu ne peux pas faire ça. Je voulais aider, a-t-elle craché d'une voix tremblante de colère et de dépit. Ce n'est pas grave, a dit Germain. J'y arriverai. L'année prochaine on demandera le bœuf des Magne, on s'arrangera, ça sera plus facile, ce n'est pas fait pour les hommes cet outil-là, et le grand a repris les traits, repris une longue inspiration, taisant ses muscles douloureux. Madelaine de son côté a redoublé d'efforts à coups de houe. Elle veut devenir forte, autant que Germain. Il n'y a pas de raison. Elle leur montrera à tous, et son corps se dessine de bras noueux, d'un dos aux os saillants qui ne craint jamais la fatigue. Ses jambes la portent au-delà du possible car tout est possible, se dit-elle, si elle continue, ils finiront à temps. Alors ils planteront des légumes tardifs. Des choux qui se ramassent tout l'hiver et des pois, pour remplir les gamelles et les estomacs, c'est la première fois qu'ils en planteraient autant, jusque-là Germain a essayé sur un carré de terre, c'est tout. Le redoux les galvanise, ils profitent du fait que les sols ne soient plus détrempés, les houes ne collent pas, l'argile résiste moins. Ils retrouvent le plaisir fourbu des pauses à l'ombre d'un grand arbre quand l'angélus sonne la mi-journée. Ils mangent du pain bis, ils disent du pain de chien, du temps où on était obligé de nourrir avec du son les chiens des maîtres lors des grandes chasses.

À la ferme, Ambre et Aelis volent du temps aux jours pour bavarder au soleil en ravaudant un vêtement ou en préparant la soupe. Elles ont cette originalité, ici les femmes travaillent à l'ombre, dans les maisons, ne sortent que pour aller puiser de l'eau ou nourrir la basse-cour, l'extérieur est pour les hommes. Ambre et Aelis, elles, s'ouvrent sous le ciel bleu, la peau offerte à la tiédeur de l'air. Elles s'asseyent sur les grosses pierres carrées qui font office de banc, ou sur le muret, ou sur la vieille planche de chêne, elles renversent la tête en arrière, se mettent à rire avant de reprendre leur ouvrage. Elles parlent de leurs enfants, parfois en hésitant, de leurs hommes qui ne sont plus qu'un, de la maison vide qu'il faudra ouvrir pour en chasser l'humidité. Aelis envoie le gamin qu'elle a embauché désherber le potager de l'autre côté des bâtiments, elle veut être tranquille, elle emmène Ambre au bout des cours, puis de l'autre côté du chemin, elles ramasseront des plantes ; elles causent avec lenteur et gaieté, paisibles, savourant chaque mot lâché au soleil, se moquant des méchancetés que diraient les commères du village si elles les voyaient ainsi loin dehors, les commères qui diraient qu'elles ne travaillent pas assez, que travailler au soleil ce n'est pas travailler, n'importe quoi. Qui diraient que ce n'est pas raisonnable, et en effet ce n'est pas raisonnable. Pas à cause du soleil – là-dessus elles se trompent – plutôt à cause du bruit qu'elles entendent soudain ce jour-là.

Un bruit qu'elles identifient aussitôt et qui les met debout très pâles, car elles ont fait une erreur, un peu trop éloignées des maisons, elles l'ont compris tout de suite. Elles regardent vers les fermes en vain, elles sont au mauvais endroit, ni d'un côté ni de l'autre, vulnérables sur ce chemin vide où on ne voit qu'elles, et Aelis pense aux mulots qui sortent au milieu des champs et que les chiens attrapent parce qu'il n'y a plus de cachette, elle pense qu'elles n'auraient pas dû, et cela est trop tard : elle prend la main de sa sœur et elles se détournent comme si cela pouvait les rendre invisibles, le bruit est déjà sur le sentier, qui tape contre les cailloux. Le bruit du cheval gris d'Ambroisie-le-Fils qui caracole et les voit et s'arrête soudain dans un tirement de rênes brutal.

Et Madelaine le même jour à la même heure, Madelaine remonte le chemin des fermes d'un pas vif. Dans le champ, l'araire a buté contre une roche cachée sous la terre. Germain a été stoppé d'un coup, ils ont essayé de dégager l'outil tous ensemble, l'outil bloqué, rien à faire. Germain a envoyé Madelaine chercher une barre en fer pour le déloger – une barre et une masse, elle a pris la brouette pour les rapporter plus facilement. Elle marche vite parce qu'elle a hâte de casser le caillou, hâte qu'ils cognent et fassent levier et cognent encore, cela sentira la pierre brûlée, elle aime cette odeur d'étincelle qui flotte dans l'air, Madelaine va vers les Montées, là où se trouvent Aelis et Ambre et à présent Ambroisie-le-Fils.

Madelaine est encore hors de vue des maisons quand elle entend le bruit qui la fige.

Le bruit vient des fermes sans aucun doute possible, elle l'identifie mal, cela ne ressemble pas aux sons ordinaires.

Et ce n'est pas le galop du cheval gris d'Ambroisie-le-Fils qui pétrifie Madelaine, car le cheval s'est arrêté depuis longtemps. C'est autre chose. Des cris peut-être.

Non pas des cris.

Des hurlements.

De femmes, reconnaît Madelaine.

Alors elle laisse tomber la brouette sur le côté et s'élance. Elle ne sait pas ce qu'il y a. Elle ne sait pas ce qui l'attend derrière la dernière colline, ni qui l'attend, dans la maison de sa mère ou dans la maison d'Aelis, et l'épouvantable plainte vient de là. Un instant elle croit que l'on égorge le cochon – cependant il n'y a plus de cochon à tuer, ils l'ont mangé depuis longtemps, et Madelaine s'en souvient, c'est elle qui l'a saigné, mais cela lui donnerait de la rassurance d'imaginer que c'est du bruit de bête car au fond d'elle-même elle a compris que c'est humain ce qu'elle entend là-bas. Humain plus tout à fait, d'un désespoir ou d'une terreur tels que les cris vont chercher du secours dans des sons animaux et difformes.

Et Madelaine tout en courant se met à appeler d'une voix stridente qui fait écho à ce qu'il y a devant elle. Une peur colossale s'extirpe de son corps, nouvelle, effrayante, une peur en même temps qu'une rage indicible, car on brutalise Ambre ou Aelis, elle en est certaine, Madelaine suffoque, ne va pas assez vite, sent les larmes couler au coin de ses yeux, attendez-moi pense-t-elle, attendez.

Ses yeux qui dévorent la dernière butte.

Mais derrière – à cela la petite ne pense pas, elle veut seulement arriver en haut et savoir, les enfants ignorent que parfois il vaut mieux ne pas savoir.

Derrière : elle y est soudain.

À une portée de regard.

Ce qu'elle voit en premier, parce qu'il est le plus grand, est le cheval gris d'Ambroisie-le-Fils. Et le cheval piétine, affolé, personne ne le tient. Personne ne le monte. Le reste est à terre.

Le reste – l'homme et les deux femmes, et les chiens qui hurlent plus loin en tirant sur leurs chaînes. L'homme sur la première femme dont la robe est retroussée jusqu'à la taille, et l'autre à genoux juste à côté, comme assommée, et Madelaine est trop loin mais elle crie quand même, crie à cause de l'éclat de la lame que tient Ambroisie-le-Fils et que le soleil d'un mois de mai trop chaud fait briller d'un coup, la lame effilée, le métal, et puis le sang et soudain tout est rouge. Sous le Fils, la femme ne bouge plus.

Madelaine avale les derniers mètres dans un rugissement de bête sauvage. Le Fils l'aperçoit, il se relève à demi, sa dague à la main ; il la voit et un immense sourire fend son visage en distinguant l'enfant qui court vers lui, court l'idiote elle aussi, comme l'autre femme qui voulait l'empêcher et qu'il a rossée, et d'un coup de reins il se met debout au milieu de la robe et du corps inerte sous lui, il réajuste ses pantalons, il attend. Il devine la hache au flanc de Madelaine, qu'elle sort de sa ceinture d'un geste, et il rit cette fois l'observant dans sa course se dépêtrer de l'arme et il crie : viens donc ! en ouvrant les mains, il rit parce qu'il est le maître et que rien n'est possible contre lui. Il imagine son propre poignard ruisselant du sang de la femme morte – elle s'est débattue celle-là, elle l'a frappé d'un caillou ramassé à la hâte, il sent son front qui saigne toujours un peu, et puis la colère, elle a tout mérité, l'ardeur d'Ambroisie-le-Fils sur elle et le couteau dans son cœur, après, pour la punir –, il imagine cette même lame entrer avec une facilité presque décevante dans le ventre de l'enfant, ou lui trancher la gorge, et c'est cela qui le fait rire aussi oui.

Et le bruit encore une fois – soudain, le bruit est terrible.

C'est l'écho des os qui se brisent sous l'impact, le craquement d'un corps saisi en plein vol et pris de court absolument, et le cri, ce rugissement – Madelaine jette ses bras en arrière pour prendre de l'élan et comme avec le chevreuil, comme avec les arbres morts contre lesquels elle s'exerce depuis des années, elle jette en hurlant la hache vers Ambroisie-le-Fils.

Dans son cri elle met toute sa rage : pour la femme perdue aux pieds du Fils, et pour la faim, pour la misère, pour son chien, pour Artaud, des années de haine larvée, de fureur que l'on apprivoise. Mais Madelaine ne s'est pas apprivoisée, et le Fils perçoit quelque chose de différent, qu'il ne comprend pas, qui ne le touche pas – il n'aurait jamais cru l'enfant capable de lancer l'arme d'aussi loin : il pensait qu'elle viendrait au corps-à-corps, avec sa force ridicule de mouflette, il l'attendait lame levée, elle ne pourrait pas manier adroitement sa hache, la tentative était si misérable. Et puis il voit avec une certitude absolue l'arme qui a quitté les mains de la petite traverser l'espace entre elle et lui à une vitesse qui ne lui laisse le temps de rien. Incrédule, quelques fractions de seconde pendant lesquelles il surprend du coin de l'œil son cheval gris paniqué qui s'enfuit – le cheval qui galope vers la forêt et il se dit qu'il faudra des heures pour le rattraper, cela le contrarie, et à cet instant précis, le fer de la hache se plante dans son sternum et c'est là le bruit des os qui explosent.

Le Fils tombe à genoux. Doigts serrés autour du métal et tellement mal : il regarde l'enfant qui finit sa course sans ralentir et il pense qu'il est vivant puisqu'il la regarde, il pense qu'il va se dresser à nouveau et d'un coup de poignard égorger, éviscérer, découper la petite paillasse qui a osé le frapper, osé le blesser, la fureur prend le dessus, il ouvre la bouche pour gueuler et le sang coule sur sa chemise et la stupeur le tétanise. L'instant d'après Madelaine est sur lui. Elle arrache la hache et Ambroisie-le-Fils mugit de douleur ; il agite la dague devant lui mais déjà l'enfant a reculé pour l'éviter, avant de se jeter en avant à nouveau, ensuite il se dira que depuis le début il a péché par excès de confiance, il n'a pas mesuré la rapidité de la petite ni sa force, il a cru que c'était impossible, et la pensée s'arrête brutalement dans un éclair de souffrance et il observe hébété son couteau par terre.

La lame pleine de sang est tombée dans les replis de la robe de la femme morte et sa main à lui – à demi tranchée par un second coup de hache, et qui pend inutile au bout de son bras. Et Ambroisie-le-Fils comprend qu'il est en grand danger, là aussi comprend trop tard, Madelaine abat la hache une troisième fois et cette fois lui ouvre le ventre et tout ce qu'il y a à l'intérieur de tripes et de boyaux et l'homme devant elle s'effondre tout à fait.

QUATRE

Et c'est cela que découvre Eugène en se hâtant avec le grand cheval, seul à présent que le gamin envoyé pour l'appeler a filé de l'autre côté, comme avait dit Aelis – ou était-ce Ambre ? –, et là-bas il n'y a plus un son, plus un cri, la scène s'est figée. Une courtepointe est étendue sur un corps mais le reste est exactement dans le même état que lorsque la femme survivante a mis sa main sur les yeux du petit pour qu'il ne voie pas et lui a ordonné d'aller chercher Eugène, d'y aller sans se retourner et sans s'arrêter, et le gamin l'a fait. Ensuite, comme lui a dit la femme aussi, il a coupé à travers champs pour rameuter Germain et Mayeul sans savoir pourquoi – puis il est rentré chez lui avec son morceau de pain dans la poche, un peu inquiet, tout est allé si vite, il n'a pas l'habitude, il n'aime pas ça.

C'est cela que le cœur battant d'Eugène embrasse d'un regard lorsqu'il passe la dernière colline, de la même façon que Madelaine l'a saisi dans sa plus grande brutalité deux heures auparavant : la courtepointe, le corps d'une femme morte, deux silhouettes hébétées les bras ballants assises au milieu du chaos.

Cela qui signe la fin d'une vie, celle d'avant, car Eugène avait raison plus rien ne sera pareil et il court avec lourdeur, traînant derrière lui le grand cheval doré qui fait trembler la terre. Il ne sait pas laquelle des sœurs a survécu, maculées de sang toutes les deux, il ne devine pas si c'est Ambre ou Aelis qui se tord les mains en pleurant, à celle-là il voudrait demander, il voudrait qu'on lui dise là tout de suite mais le pire, il le pressent, est sous la courtepointe. Et la peur lui déchire la poitrine et happe son regard, il a déjà compris, et soudain Madelaine se jette dans ses jambes en criant – c'est moi.

C'est moi qui.

Eugène la contemple, son esprit vacille. Il le savait. Il a toujours senti que la petite amènerait le malheur, il a cru que cela passerait, que ce serait plus tard, autrement, ailleurs. Il ne pouvait pas lui en vouloir pour ce qui n'existait pas. Mais c'est là à présent. Alors il écarte Madelaine d'un geste, les yeux écarquillés fixés sur la toile épaisse qu'il remonte avec lenteur. Il est certain de ce qu'il trouvera dessous, le chaos autour de lui ne laisse aucun doute. Pourtant contre toute raison, il espère. Par pitié, si ce n'était pas *lui* ; et identifier à cet instant-là Ambroisie-le-Fils crevé lui donne un coup au cœur, comme si la prière avait pu effacer la réalité, comme s'il avait cru un instant à la possibilité d'un miracle. Plus que tout il aurait voulu ne pas reconnaître cet homme mort étendu à ses pieds, que ce soit n'importe qui il en aurait fait son affaire mais pas le Fils, pas celui-là. Eugène se tourne vers la femme qui reste et qui s'accroche à lui en sanglotant ; il refuse d'écouter les mots qu'il sait, ils sont perdus, on les pendra tous, on les torturera, on les découpera en longs lambeaux de chair un à un pour leur apprendre qu'on ne doit pas toucher aux maîtres, et cela aussi il le sait, jamais il n'aurait – c'est elle la petite, elle l'a dit, elle l'a crié. Eugène se prend le visage entre les mains.

Réfléchir alors que son cœur est en panique. Organiser des pensées insensées et inutiles, car il pourra se jeter aux pieds d'Ambroisie-le-Père, il pourra offrir sa vie, on les tuera tous, pour l'exemple, pour la justice des maîtres, pour rendre le sang. Aucun n'en réchappera, pas même Mayeul le plus jeune, il n'y a pas de pitié pour les familles qui touchent les maîtres.

Tous mourir.

On empêchera les villageois de les enterrer décemment et leurs dépouilles seront laissées aux charognards, oiseaux ou mammifères, leurs cadavres empuantiront l'air de La Foye et jusqu'au Basilic et leurs âmes erreront à tout jamais le long des rives. Condamnés dans ce monde et dans l'autre – alors.

Alors il faut réfléchir vite et fort, il faut décider si on se laisse tuer ou si on tente une folie comme personne n'a osé avant, pas qu'Eugène sache, mais c'est son sang qui se tient au bord de l'abîme, ses fils sa chair, et même la petite Madelaine qui les a menés au seuil de l'enfer, soudain il choisit : ils doivent essayer de vivre. D'un geste, il attrape le bras de la femme qui reste, plante ses yeux dans les siens. Il voudrait lui demander qui elle est mais ce regard en face de lui, ce regard lui répond en silence et puis autre chose aussi, plus tard il se souviendra que tout a commencé à basculer au moment où il a deviné ce que ce regard ordonne et exige, depuis cet instant où il hoche la tête, se reprenant de justesse, et où il murmure son nom d'une voix de terre.

Aelis ?

Et la femme redresse son visage de sang et de larmes dans un frisson.

Eugène enlève brusquement la courtepointe sur le côté, découvrant en entier le corps mutilé qui lui fait tourner les yeux. Se concentrer sur la couverture : il y roule le cadavre d'Ambroisie-le-Fils, envoie Madelaine chercher de la corde qu'il noue serrée aux deux extrémités. Ainsi empaqueté, le Fils n'inspire pas plus de peur que les mouches qui viennent déjà renifler son odeur et Eugène le pousse au bord de la cour, pourtant terrifié, ce n'est pas la dépouille, c'est ce qu'il est en train de faire. Il s'immobilise quelques secondes au moment où il faut prendre à bras-le-corps Ambre pour la porter dans la maison de Léon, et Madelaine voit les larmes sur le visage du débardeur, des larmes qui tracent une ligne au milieu de la poussière et du sang et viennent goutter sur le sol, elle ne dit rien. Elle regarde Eugène puis elle regarde Aelis et c'est tout.

Il faut que tu partes.

Si les yeux de la petite s'agrandissent, elle ne bronche pas. Elle a su avant qu'Eugène le dise que sa seule chance de salut était dans la fuite. C'est une réaction à vif, animale, qui ne s'encombre pas de questions, elle n'est pas en état de raisonner – sans quoi, pourquoi fuirait-elle alors que personne ne l'a vue, mais peut-être le gamin tout de même, peut-être un villageois qui l'aurait regardée courir de loin, il suffit d'un doute, quand les troupes d'Ambroisie viendront et que tout le monde se liquéfiera de peur, quand les langues raconteront ce qu'elles ignorent pour envoyer les soldats ailleurs. Aelis a mis une main devant sa bouche pour étouffer ses sanglots et prend dans la maison une cape qu'elle pose sur les épaules de Madelaine, un baluchon dans lequel elle enfouit un gros pain et un peu de lard et quelques sous qu'elle a de côté. Mais elle secoue la tête, secoue le bras d'Eugène qui baisse les yeux – la petite ne peut pas aller seule, et Eugène répond qu'elle aille chercher Jéricho qui broute un peu plus loin. Ensuite il saisit l'épaule de Madelaine sans la regarder.

Tu vas prendre le cheval et j'attacherai Ambroisie-le-Fils sur son dos. Tu marcheras trois nuits en longeant le Basilic sans le passer pour ne pas que l'Ancienne te voie. Tu ne t'arrêteras que le jour, tu te cacheras – et quand tu trouveras un endroit où tu pourras dissimuler ce corps pour toujours, l'enfouir, l'enterrer, l'empierrer sans que rien ni personne puisse le déloger de la tombe où tu l'auras mis, tu le feras. Ensuite tu continueras ton chemin. Tu ne reviendras pas ici, pas avant qu'on ait oublié, pas avant dix années. Tu marcheras droit devant toi jusqu'à un autre pays et nous ne te connaîtrons plus. C'est à ce prix que tu pourras survivre. Je te laisse Jéricho. Prépare-toi maintenant.

Madelaine en larmes se retourne, des cris derrière, encore des cris se dit-elle, elle voudrait appuyer ses mains sur ses oreilles pour ne plus entendre, ni les hurlements ni les mots d'Eugène. Germain et Mayeul sont là. Ils arrivent hors d'haleine, ce sont des cris comme des gémissements, ils observent en haletant le chemin et l'étrange sac roulé au sol. Ils devinent les traces de lutte, longues marques creusées dans la terre, et le sang qui fait des taches brunes sur l'herbe et les écrasements devant eux, ils ont un mouvement de recul. Eugène d'un geste les fait taire, il leur raconte. Quelques phrases sèches et cruelles, des yeux qui s'étrécissent, des poings serrés. Ils lèvent la tête sur Aelis.

Ils ne bougent pas.

Personne ne bouge, pas même le temps.

Intégrer l'invraisemblable réalité.

Seuls leurs souffles font des vagues dans l'air.

Puis Eugène brise le silence et remet le monde en marche, Eugène qui dit à Germain : aide-moi. Ils prennent la courtepointe à chaque extrémité et la hissent en travers du dos du cheval, l'arriment si solidement qu'il faudra un couteau pour défaire les liens, comme s'ils craignaient qu'Ambroisie-le-Fils se détache pour rester là, comme si c'était le diable qu'ils ligotaient aussi étroitement.

Eugène envoie Aelis laver sa sœur et l'habiller en masquant ses blessures. Ils diront qu'elle a eu un accident, il faudra préparer leur mensonge, ils ont peu de temps, et vous – Eugène tend un doigt vers ses fils : personne n'a rien vu. Ambre est morte c'est tout. Et Madelaine – Madelaine est partie en apprentissage dans une autre ville, elle est placée chez un maître, ils s'en souviendront n'est-ce pas, ils hochent la tête, hébétés.

Enfin il s'adresse à Madelaine et dans un murmure : Va. Va tout de suite. On ne sait pas quand ils s'inquiéteront du petit maître et tu dois avoir disparu avant.

Va ?

Mayeul crie.

Va où ?

Madelaine grimace un sourire pour le rassurer, crânant qu'elle va au bout du monde. À l'intérieur d'elle, tout se fissure, cela ressemble à ce qu'elle connaît d'il y a des années, avant d'arriver ici, tout disparaît, elle est déjà seule.

Et moi ? demande le petit.

Non pas toi.

Moi aussi je vais au bout du monde, dit Mayeul, et Eugène lève une main et rugit et tout se tait autour d'eux.

Elle ne se retourne pas. Elle a dit adieu, il y a eu de brèves accolades, sauf Aelis, qui l'a serrée dans ses bras, fort, en larmes. Et Madelaine l'a regardée droit dans les yeux. Elle n'a rien dit, elle n'avait pas besoin. Aelis sait. Que Madelaine, on ne la trompe pas. Germain et Mayeul s'en rendront compte un jour, peut-être, les hommes regardent moins, sont moins attentifs. Tant que la maison est tenue et qu'il y a de la soupe dans les gamelles.

Mais Madelaine.

Elle a souri. Elle ne dira pas. Elle aurait aimé qu'on lui confie même si elle comprend, c'était impossible, il ne faut pas que les autres sachent. C'est un secret qu'elle emporte. Un bien petit secret à côté de la tornade qui ravage leurs vies, elle le gardera au fond d'elle, enfoui, invisible, dérisoire.

Ce n'est pas Ambre qui est morte, c'est Aelis. Eugène et Ambre ont scellé ce pacte muet au pied des cadavres encore chauds – Ambre a pris la place de sa sœur, ils ne diront rien. Il y a cette pensée coupable que les choses auraient dû être ainsi dès le départ, l'idée esquissée d'une réparation, d'une justesse, d'une consolation.

Ambre se tient contre Eugène et la regarde partir, elle Madelaine, sa fille, et Madelaine se remémore les quelques mots qu'elles ont échangés juste avant. Son seul espoir : Eugène a dit de ne pas revenir, pas avant dix années, dans dix années elle sera là. Dans les moments de chaos, il suffit d'une minuscule lumière pour s'accrocher et survivre. Ce sera vite passé, songe Madelaine, et elle sait que non, que les jours paraîtront interminables, que la dureté de l'existence l'a rattrapée encore une fois. Elle ne veut pas penser à ce qui l'attend. Elle n'a pas peur. Mais elle est en colère.

Eugène l'a chassée, il a dit qu'il était tard, qu'il devait nettoyer avec Germain et Mayeul, ratisser la terre pour effacer les traces de lutte, arracher les herbes rougies de sang et les enfouir sous le tas de fumure. Eugène voulait la voir enfuie, la déchirure est douloureuse. Il a murmuré qu'une fois hors de sa vue ce ne serait plus pareil, la blessure serait moins aiguë, il parlerait au passé.

Alors Madelaine ne se retourne pas, voilà. Elle a pris la longe du grand cheval et elle s'est mise en route. Aux bruits des mouvements furtifs derrière elle, elle a deviné qu'Eugène n'attendrait pas qu'elle ait passé le bout du chemin. Germain et Mayeul l'ont accompagnée jusqu'au muret, tête basse, ils n'ont pas osé la regarder. Les fils qui restent. Les fils au destin lié, qui ne peuvent pas quitter, pas déserter. Ce destin même qui a enchaîné Eugène aux Montées avant eux, quand il pensait courir le monde mais que la vie l'a obligé à renoncer, ce destin qui fait que tout passe, tout se soumet, et les fils le savent, ils ont chancelé les premiers, le devoir est inscrit dans leur sang.

Eugène a vu l'éclat fugitif du doute dans leur regard, leur façon d'observer Madelaine puis la ferme, il a compris l'affreux dilemme mais pas un seul instant il ne leur a laissé le choix : une main sur le bras de son aîné, il leur a ordonné de préparer les outils. Il s'est interposé entre Madelaine et ses deux fils qui le défiaient du regard, brisant le lien entre eux. Pourtant au fond ils avaient déjà reculé, c'était seulement le temps d'accepter, le temps de digérer et que cela cesse de leur faire ces nœuds brûlants dans la gorge et dans le ventre, il faudrait que ça aille, avec cette terrible phrase attachée à eux de leur naissance jusqu'au dernier de leurs jours : c'était ainsi. Et les pensées ont défilé dans la tête de Germain et de Mayeul, ils ont vu leur père sans le cheval, désormais seules les terres leur permettraient de vivre, des terres qu'Eugène ne pouvait pas cultiver seul, bien sûr qu'ils devaient rester. Dès lors il y aurait Madelaine d'un côté, et de l'autre : eux.

Ce ne sont pas les bras d'Eugène qui les ont tenus pour les empêcher de la suivre. Ils ont consenti d'eux-mêmes. Et il y a le chagrin dans les mâchoires serrées des fils, une boule coincée qu'ils ne peuvent ni avaler ni dégager, cela leur sort par le nez et par les yeux mais ils n'ont pas un mot, pas un bruit et Eugène fait semblant de ne pas voir.

Madelaine a disparu avec le cheval derrière la colline.

Les fils s'activent, cela occupe leur tête ; ils ne redressent leurs dos que lorsque la terre est entièrement balayée et vidée de tout ce qui a pu s'y passer plus tôt dans l'après-midi. Ils creusent un trou un peu plus loin pour enterrer les vêtements souillés d'Aelis et de Madelaine, y déversent des brouettes de bois qui couvrent la terre remuée – du bois bien rangé sous l'appentis qu'ils ont sorti et jeté en désordre comme s'ils venaient de le ramasser dans la forêt et qu'il soit mis à sécher.

Dans la maison, Ambre lave le corps de sa sœur étendu sur une couche. Elle lui passe des habits propres, de ceux que l'on garde pour les grandes occasions, que l'on met aux baptêmes, aux mariages et aux enterrements ; le dernier vêtement d'Aelis qui l'accompagnera pour l'éternité, pour ce qu'il en restera une fois en terre et les mois et les années par-dessus. Ambre pleure sans bruit, quelque chose s'est effondré en elle. Le chagrin la submerge, elle sait que c'est pour un temps, que cela s'en ira même pour elles, même pour des jumelles, une cicatrice un peu plus profonde et puis voilà, l'existence ne fait pas de pause, il faut déjà penser à la suite. Penser à l'extrême-onction qu'Aelis n'a pas reçue et au testament qu'elle n'a pas eu le temps de dicter, qui l'empêcheront d'être enterrée au cimetière – il faut envoyer chercher le prêtre, discuter avec lui et peut-être trouver un arrangement, il faut revoir les mensonges avec Eugène, l'accident, l'absence de Madelaine et du cheval de labour, comment tout cela pourra tenir. C'est trop, pense Ambre, à commencer par s'habituer à ce qu'on la hèle du nom de sa sœur, à ce que Germain et Mayeul l'appellent *mère*, et si elle se retourne, si elle cherche Aelis du regard ? Aelis c'est moi, martèle-t-elle dans sa tête, et elle ferme les yeux, fronce les sourcils pour que ça rentre, les larmes coulent sur son visage, elle se fige.

Ou il ne faut rien dire.

Enterrer Aelis au bout du jardin. Lui faire une tombe avec des cailloux, une tombe qu'Ambre fleurira pour se faire pardonner mais rien ne pardonnera la damnation de l'âme errante de sa sœur ; c'est peut-être plus effrayant encore que le spectre de leur mise à mort par les soldats des Ambroisie car l'après, le ciel les terrorisent tous, hommes femmes enfants. L'âme passe avant les vivants. C'est impensable de – impensable et pourtant s'ils ne disent pas qu'Aelis est morte, ou Ambre, il n'y aura pas de rapprochement avec la disparition d'Ambroisie-le-Fils, avec le cheval gris rentré seul aux écuries, personne ne pourra faire le lien, personne ne remontera la piste brouillée.

Mais ils n'en ont pas la force, pas l'imagination. Ils se font violence. Cela serait peut-être plus simple, presque plus paisible, d'avouer et de mourir tout de suite. Non non, se reprend Ambre, elle doit protéger les enfants : seul leur silence à eux les parents, seule la qualité de leur tromperie sauvera Madelaine et les garçons. Elle baisse la tête et le répète dans un murmure. L'important est de ne pas mourir.

Pas parler.

Madelaine envoyée apprendre d'autres métiers. Les villageois diront que c'était couru d'avance, avec la mort de Léon, il n'y a pas assez d'argent dans la petite ferme et Eugène ne peut pas nourrir tout le monde, ils diront que c'était le mieux à faire, confier Madelaine, ils auraient agi pareil, le pays est trop pauvre. Et Aelis, il faudra penser à dire Ambre, Ambre a trébuché dans la cour, une mauvaise chute, morte sur le coup, presque, quelques heures, un choc contre le crâne, c'est déjà arrivé au village, tout le monde sait que cela arrive.

En vérité il ne faudrait pas qu'Ambroisie-le-Fils soit crevé.

Ambre devenue Aelis réfléchit à toute allure. Oui cela pourrait. Le souci est le cheval gris d'Ambroisie-le-Fils. Le cheval finira par regagner le château et on saura qu'il y a eu un problème. Alors que si ni le cheval ni le Fils ne rentrent jamais – tout est possible. Le Fils est fou. Il aurait pu quitter le pays sur un caprice, enlever une belle, tout se racontera, tout s'imaginera. Une absence n'est pas violente ; une disparition n'est pas une mort. On le cherchera, évidemment, on ne trouvera rien et Ambroisie-le-Père maudira son garçon qui se moque des règles et des convenances, maudira le siège déserté à droite de la grande table des repas. Le Fils a des sœurs déjà mariées avec des enfants qui prendront l'héritage, peu à peu ils le remplaceront, on sautera une génération, là aussi cela se voit parfois, se voit souvent.

Mais il y a le cheval.

Ambre ferme la porte de la maison et sort dans la cour appeler Eugène.

Ils prennent chacun un panier avec quelques baies encore vertes, s'ils rencontrent d'autres arpenteurs. Ils ont caché dans leurs vêtements un couteau effilé comme ceux qui servent à égorger les cochons. Ils sont partis dès qu'ils ont eu enfoui, balayé, caché, et que du côté des Montées rien ne peut plus se deviner. Ils coupent à travers bois pour s'approcher le plus près possible du château sans qu'on les voie ; après quoi ils se dispersent pour revenir lentement vers les fermes, là où le cheval s'est échappé, ils font écran entre l'animal et les écuries, rabattent leur proie en priant pour croiser son chemin.

Quatre pour sillonner la forêt. Ils sont fous de croire qu'ils trouveront la monture du Fils mais Ambre a dit que le destin leur doit quelque chose, que le malheur a frappé trop fort. Alors ils ont hoché la tête et ils sont partis, le cœur battant, leurs souffles se raccourcissant encore au moment où ils se séparent, Eugène le plus à gauche, puis les fils, puis elle Ambre. Une ligne qui avance avec lenteur et méthode dans la nuit qui commence à tomber, la nuit qui masque le cheval et a peut-être déjà poussé les soldats à s'inquiéter de leur maître. Plus que tout, ils redoutent de se retrouver aux Montées sans avoir attrapé l'animal, ils tremblent à l'idée de reconnaître leurs quatre silhouettes à la fin des ténèbres les bras ballants les mains vides, et alors il y aura l'aube et ses nouvelles peurs, l'aube et la menace du cheval rentré chez lui sans le Fils et les hommes lancés comme des chiens de meute sur les pistes. Pour l'instant ils transpirent d'effroi dans la nuit muette, les oreilles aux aguets, écrasés de silence. Parfois un petit rongeur détale entre leurs jambes et ils sursautent, essuient la sueur sur leur front. La lune passe mal le feuillage des grands arbres, les cache à demi mais les gêne pour voir aussi, ils écarquillent les yeux pour se repérer, ils distinguent des formes de destrier qui n'en sont pas, se frottent le visage.

Eugène parti le plus loin ramène sans cesse son attention au sous-bois. Les images de l'après-midi hantent sa mémoire et le déconcentrent ; il a l'impression que c'est arrivé depuis des jours, tant de choses ne peuvent pas s'être déroulées en aussi peu de temps et l'épuisement qui le gagne n'est pas seulement celui du corps. C'est juste trop – de drames, d'émotions, de décisions, trop de morts et trop de départs, c'est davantage en une journée qu'il n'a vécu de toute sa vie et son cerveau, ses nerfs saturent : il sent ses mains qui tremblent, sa tête et sa poitrine prises de fièvre. Ses pensées rejoignent celles d'Ambre, une partie de lui espère presque qu'on les débusque et qu'on les démasque et que tout finisse, car l'attente et l'incertitude et la peur sont pires. Mais c'est sur cela que comptera Ambroisie-le-Père si la mort du Fils est révélée, la terreur qu'ont les paysans de leurs maîtres : ils se dénoncent d'eux-mêmes, ils sont incapables de supporter l'angoisse d'être pris. Préférer se rendre, courir à l'abattoir, pourtant Eugène n'est pas prêt à cela, ni Ambre, encore moins Germain et Mayeul qui ont la vie devant eux, une vie avec un avenir, peut-être, si le sort les soutient, s'ils ont de la chance, si tout va bien. Madelaine on ne sait pas. Madelaine, par qui le drame arrive. Eugène secoue la tête, il aime la petite. Si tout se passe comme ils l'espèrent, il ira la chercher un jour, là aussi peut-être, tout est incertain, il imagine le sourire sur le visage de la mouflette, il prendra la route, il demandera autour de lui, le grand cheval se remarque, il les ramènera. Si tout va bien, se répète-t-il en silence. Si tout va bien.

Germain et Mayeul parcourent eux la forêt la rage au cœur. Une main sur le coutelas glissé sous son manteau, Germain rêve de tuer quiconque se mettrait en travers de son chemin. Mayeul se tait, se contente de le suivre, obligé de courir pour ne pas se laisser distancer. Il connaît le regard de son aîné. Il a entendu les mots, au début, à présent Germain est silencieux. Germain en veut au monde entier d'avoir effondré son existence. Depuis des années, il construit patiemment son apprentissage, son métier, sa passion, pierre après pierre, et tout s'écroule d'un coup ; mais son père peut en dire autant, et sa mère. Tout le monde a perdu ce jour-là. Et Madelaine avec qui tout s'est brisé – le seul qui peut réparer quelque chose est le cheval gris. Alors Germain emmène Mayeul et court sans bruit dans l'obscurité, quadrillant deux fois plus de territoire que ses parents, il ne s'est pas demandé ce qu'il fera s'il trouve le cheval.

Ils n'en ont pas parlé entre eux, Aelis a dit qu'il fallait attraper l'animal avant les soldats, le temps pressait, ils se sont élancés. Le ramener aux Montées. Et puis. On verra à ce moment, pour l'instant tous ses sens sont tournés vers le bruit du cheval, l'odeur du cheval, l'idée du cheval, le cheval est le salut, a murmuré Aelis, et il ne se montre pas.

Germain est le meilleur ramasseur de champignons du village. Il a cette faculté d'arpenter les bois en focalisant son attention sur l'objet qu'il cherche. Il ne voit plus les feuilles sur le sol ni la mousse ni les branches tombées, il ne distingue plus les vieux troncs bruns ni l'humus ni les places retournées par les chevreuils qui y ont dormi : seuls les champignons brillent sur sa rétine. Il erre dans la forêt et son regard balaie l'espace des deux côtés à la fois, à sa gauche et à sa droite, il sent ses yeux s'élargir, se dissocier, fouillant chacun sa part, à l'affût des bolets et des chanterelles cachés et qui soudain apparaissent au fond de sa pupille. Pour le cheval il fait pareil. Il s'arrête brusquement et, paupières baissées, dessine dans sa tête la silhouette de la bête échappée, la courbe de son dos musclé, la crinière emmêlée qui tombe sur une encolure puissante, il l'enveloppe d'une odeur animale de sueur et de peur, il le contemple ainsi. Puis il ouvre les yeux et il sait que rien d'autre n'attirera son regard, qu'il peut courir le bois à présent, qu'il ne manquera pas le cheval gris. Flanqué de Mayeul, il continue à rabattre vers les fermes en silence.

Mais le cheval du Fils s'est moins éloigné qu'ils ne le pensent. Peut-être est-ce le dressage qui l'a gardé près de l'endroit où son maître a mis pied à terre :

quand la hache de Madelaine a fendu l'espace et que l'animal s'est enfui, affolé par la fureur et le bruit des os qui craquent, il a bondi dans la forêt puis s'est calmé très vite. Sans un cavalier pour l'éperonner, il est repassé au trot puis au pas, se figeant tête haute, écoutant derrière lui. Parce qu'il a mis de la distance entre le danger et lui, il s'est mis à brouter. Le mors le gêne – cependant il a l'habitude de ces temps solitaires pendant lesquels Ambroisie-le-Fils fait son affaire d'une fille ou d'une femme, d'un gibier écorché, il a appris à manger malgré le métal en travers de sa bouche, il a appris à attendre.

Dans les bois, il attend donc. Il déambule des heures en suivant les touffes d'herbe, marchant parfois sur ses rênes qui ont glissé et qui lui tirent sur les dents. Il boit l'eau d'un ruisseau, les insectes commencent à se cacher pour la nuit. La sangle de la selle lui serre le ventre et là aussi il est habitué. À aucun moment il n'a le réflexe ou l'envie de rentrer aux écuries, il se rassasie d'herbe tendre, il n'a jamais été grégaire, le Fils va seul la plupart du temps et le cheval est coutumier des longues sorties le maître et lui, personne d'autre. Juste les heures s'écoulent d'une étrange façon, sans bruit, sans hommes, la liberté le déconcerte et il vaque où le vent le porte, ou une odeur, ou le hasard de ses pas. Il a les sens en alerte, un réflexe millénaire de ceux de sa race, la nuit et l'inconnu piquent ses nerfs à vif ; parfois il file au galop sans raison, comme un danger invisible qu'il fuit en ronflant, ses sabots volent dans les ténèbres. Mais là encore il s'arrête vite, c'est pour faire semblant, c'est l'instinct, il n'y a rien dans les bois.

Presque rien.

Et à vrai dire le cheval est presque content quand il le voit soudain. Il reconnaît la silhouette d'un homme et il lui semble que tout redevient normal. Il a un petit hennissement de bienvenue, le même qu'il adresse au garçon chargé de lui apporter son avoine matin et soir, un roucoulement un ronronnement, il fait un pas vers lui avant de s'immobiliser.

L'homme est une femme.

Le cheval ne craint pas les femmes. Là aussi il est familier de leur odeur, Ambroisie-le-Fils le mène souvent là où il y a des femmes. Il n'aime pas les sensations associées – les cris, la détresse, la violence – mais il est dressé pour obéir, il ne bouge pas, encore une fois il patiente. Et c'est ce qu'il fait à nouveau : attendre que la femme dans les bois s'approche avec des murmures pour le rassurer et tende la main et saisisse les rênes à sa bouche.

Ensuite il voit le brillant du couteau caché sous la cape.

C'est la même nuit et Madelaine fait ce qu'a dit Eugène : marcher sans s'arrêter. La lune éclaire le chemin de halage qui longe le Basilic, là où les hommes ont défriché pour laisser place aux chars ou aux bœufs qui tirent parfois les grumes depuis la rive. Ils se sont mis naturellement au même rythme, Jéricho et Madelaine, un pas sûr et lent, ils savent l'un et l'autre qu'en se pressant ils s'épuiseront avant l'aube. Madelaine ne parle pas et le grand cheval regarde en la suivant la petite silhouette nerveuse qui d'ordinaire bavarde si volontiers. Il n'est pas habitué à marcher la nuit. Cela ne le gêne pas – il voit mieux que les hommes dans l'obscurité. Cela change. Ils n'ont pas pris le chemin du bac et parfois il tourne la tête pour observer derrière lui les sentiers qu'il déserte, la distance qui grandit d'avec l'écurie où il devrait se trouver. La présence familière de Madelaine le rassure. Il respire son odeur.

Madelaine tient le cheval par la bride. Elle aussi, elle contemple la nuit. Cela fait longtemps qu'elle ne s'y est pas frottée, les seuls souvenirs qu'elle a de la nuit sont ceux de l'abandon, du froid et de la faim, les petits refuges trouvés dans une cabane vide, la solitude. Mais la nuit n'est pas que cela, elle est dangereuse disent-ils ici ; lorsque le jour décline, ils rentrent tous, les bêtes et les hommes, ils laissent la place, bien obligés, à la vie sauvage et aux voleurs. Les braconniers sortent avec précaution, il faut être habitué à la nuit, il faut l'avoir apprivoisée. En renouant avec elle, Madelaine sent d'emblée la force et le calme du ciel noir. Elle se dit qu'il n'y a rien à craindre du monde qui s'éveille, c'est seulement un autre monde, d'autres bruits avec lesquels il suffit de se familiariser, elle en reconnaît certains, l'ébouriffement furtif d'un oiseau dans les feuilles, le couinement d'une musaraigne. L'air a fraîchi, la cape de Madelaine la maintient dans une tiédeur cotonneuse. À cause de la fatigue, elle ferme les yeux, se laisse guider par le cheval ; cela lui donne un peu de vertige, elle a l'impression de rouler au fond de son corps et après lui au fond de la terre qui résonne sous ses pieds. Elle est ancrée dans quelque chose d'infiniment plus vaste qu'elle, elle est le lien, un lien minuscule entre le ciel et le sol et elle occupe les deux territoires, l'air et la terre, la tête et les pieds. Parfois elle entend une infime mélodie, elle sait que c'est à l'intérieur, dans ses oreilles, que cela n'existe pas. Elle sait que c'est l'épuisement mais la sensation adoucit tout, elle continue à avancer avec le cheval, elle perçoit son souffle profond et régulier à côté d'elle, et puis cela la prend à nouveau sans prévenir.

La colère.

Il n'y a plus de place pour la peur et la rage lui donne des suées. Au début, elle a balancé entre l'appréhension et le chagrin, anesthésiée par cet après-midi de mai qui d'un coup est devenu différent. Les heures passant, le malaise s'est transformé en fureur. Elle la contient. Elle la rumine, répétant sans cesse les gestes de ce jour-là et elle ne regrette pas ; ce qu'elle regrette est d'avoir dû partir, elle, Madelaine, alors que : elle n'est pas la coupable. Ambroisie-le-Fils représente l'ennemi absolu, celui qui fait le mal et celui qui gagne cependant. Certes, il n'a pas gagné entièrement – et Madelaine dans sa colère frappe le sac entravé sur le dos du cheval, elle écoute le bruit mat, comme si le cadavre avait tapé contre un arbre. Ah non le Fils n'a pas gagné, pour ce qu'il est à présent, une dépouille sanglante qui ne sert plus à rien, mais elle aussi a tout perdu, à cause de lui, et c'est cela l'injustice, cela qui rend Madelaine blanche de rage et jette son poing contre le sac, il ne lui reste que la vie. C'est trop peu, trop facile. Un jeu exécrable, presque une chanson à étouffer : on dirait que rien ne se serait passé. Ce mensonge-là elle n'en veut pas, elle n'a pas cette prudence. Elle n'a pas cette confiance – tout le monde a menti ce jour, et quand on n'a pas menti c'est qu'on est stupide, il n'y a pas de juste milieu.

Le corps qu'elle traîne avec elle ne vaut pas qu'elle se cache. Le Fils a violé et tué et c'est sa récompense. Il a ravagé leur existence, créant des absences, créant des tromperies – Madelaine a compris tout de suite qu'Ambre se ferait passer pour Aelis dorénavant, Ambre sa mère, dit-elle, qui lui préfère Eugène, la petite a beau se dire qu'elle comprend, qu'elle aurait fait pareil, peut-être, cela tord le ventre, cela ne la console pas. Elle, elle ne confond pas, elle n'en revient pas que Germain et Mayeul n'aient rien vu, ou rien dit ? Elle secoue la tête, non, elle ne confond pas. C'est une odeur, une vibration de l'âme, quand elle a enjambé ce corps avec la hache au moment où Ambroisie-le-Fils est tombé et elle a su, sans aucun doute possible, que c'était Aelis en dessous d'elle ; Aelis qu'on a couchée dans la maison de Léon pour faire croire que, et la petite a deviné que c'était venu d'un coup, d'un regard entre Eugène et Ambre quand ils ont pris conscience qu'ils pouvaient changer les choses, que personne ne s'apercevrait de rien, leur unique chance, leur amour.

Cela aussi Madelaine le rumine.

Aimer ?

Aimer c'est choisir entre violenter et mentir. Alors, c'est toujours une faute, et elle frappe à nouveau le sac sur le flanc de Jéricho, elle crache une insulte, tout cela à cause de lui, sa voix résonne dans l'obscurité, on dirait qu'elles sont dix à crier, dix à jurer qu'elles lui feront mal encore plus mal, que ce n'est que le début.

Madelaine tremble, il y a la fureur, et il y a le froid. Ce froid-là qu'ils craignaient pour les semences, elle s'en moque bien à présent, ces semences qu'elle ne verra jamais pousser, et elle ajuste encore la cape sur ses épaules, les yeux levés sur le ciel crevé d'étoiles. Le temps a viré, une fois de plus, une promesse qui s'échappe, le printemps se dérobe, il est trop tard pense-t-elle, tous les plants sont sortis de terre, fragiles, fluets, et la catastrophe lui est égale.

Au milieu des ténèbres qui se dispersent peu à peu, Madelaine met une main sur les rênes pour arrêter le grand cheval. C'est la fin de la forêt, le paysage se dégage en une plaine où les céréales ont germé comme chez eux. Dans l'aube qui s'annonce, des châtaigniers d'une trentaine d'années se devinent, qui bordent la limite entre un monde sauvage et les cultures, et Madelaine fait un geste vers eux. Ce sera là oui, pense-t-elle, sur l'un de ces jeunes arbres qui poussent droit vers le ciel, des arbres qui feront des fûts parfaits, plus tard – mais pour l'heure elle ne cherche pas une grume, elle cherche un poteau, un pal, un tronc où passer sa fureur, d'un mouvement sec elle sort son couteau et tranche les liens qui tiennent Ambroisie-le-Fils sur le dos du cheval et le sac glisse au sol dans un bruit mat. Madelaine souffle sur ses mains glacées. Le vent est parti au nord-est et cette fois elle en est sûre, le gel revient.

Dès le lendemain, l'air glacial que tout le monde redoutait gèle les semences levées, brûle les fleurs des arbres fruitiers, recroqueville les plants sortis des potagers. Il est arrivé dans la nuit, personne n'a entendu ; la veille on s'est dit que ça tournait frais et tous les villageois ont pensé à ces foutus saints de glace, mais aucun d'entre eux n'a imaginé la mauvaiseté de cette vague de gel qui va durer trois jours et quatre nuits. La nature n'a pas pu s'empêcher. Elle a éclos ses fleurs, elle a cru que le temps était gagné. Il faudrait allumer des brûlots comme ils font dans les régions de vin, pour protéger les cultures ; il faudrait couvrir les hectares de semences d'un voile impossible, cracher dans l'air pour le tiédir, et quand bien même – rien ne pourra sauver les jeunes pousses de ce vent qui ne cesse pendant près de quatre jours, car c'est lui le plus dangereux, le froid qui passe dans le ciel, qui tombe la température de vingt degrés en quelques heures et une fois ses proies attrapées ne les lâche plus le mardi le mercredi et le jeudi.

À l'aube de cette première nuit, ils savent. Tout est à refaire, du moins ce qui peut l'être, et tout sera en retard, si la saison veut bien attendre à présent, car il faudra que les nouvelles semences rattrapent le fil du temps – et de nouvelles semences il n'y a pas assez, on raclera les sols des réserves pour cultiver des demi-champs et chacun est conscient de ce que cela signifie avec en plus les dettes aux marchands, cela ne s'arrêtera jamais pensent-ils, ils sont pris.

Mais au fond c'est presque peu de chose à côté de ce qui arrivera.

En quelques petits jours, les habitants de La Foye réorganisent toute la survie de leur année. Le village s'agite de laboureurs mus par le désespoir et le désespoir donne une force inouïe. Dans les champs les plus exposés où tout a brûlé, dès le premier matin ils rouvrent les sillons pour les préparer aux nouvelles graines. Eugène, Germain et Mayeul ont une pièce de quelques arpents dont ils piochent tout le sarrasin déjà noirci. Ils ne disent rien sur l'absence du grand cheval qui, s'il était encore là, les sauverait peut-être en les aidant à retourner la terre. À vrai parler, ils n'échangent pas un mot ce jour-là, choqués qu'ils sont par le drame trop récent qu'ils s'efforcent de mettre de côté dans leur tête ; presque heureux de ce gel qui les occupe et investit leurs âmes complètement, reléguant au second plan le départ de Madelaine et la peur viscérale d'être pris.

Ils sont tous aux champs, jeunes et vieux, telles des fourmis s'activant au-dehors malgré le vent qui continue à les glacer, s'acharnant à labourer la terre trop dure, mais chaque jour comptera après le dégel et ils ne pensent pas aux outils qui leur donnent des vibrations jusqu'aux épaules et jusque dans la tête et des douleurs qui les empêchent de dormir, ils bêchent, piochent, brouettent, ils transpirent malgré le froid, la mort leur lèche les mains. Il y a encore une fois cette nécessité de tenir et, comme toujours, ils y répondent. Ils savent d'avance que tout le monde ne survivra pas à cette nouvelle année terrible. Et pourtant, tant qu'ils sont debout, ils tenteront le tout pour le tout, ils s'arracheront la peau et se tueront le dos, ils s'éreinteront, ils sont faits pour cela.

Mais encore une fois rien ne sera sauvé.

Le troisième jour du gel, les soldats d'Ambroisie-le-Père encerclent le village de La Foye. Ils n'assiègent pas que celui-là : tous les hameaux dans un périmètre allant du château jusqu'au châtaignier où on a retrouvé le cadavre atrocement mutilé du Fils sont investis.

Lorsqu'on lui a rapporté la dépouille méconnaissable de son héritier, Ambroisie-le-Père a blêmi. Parce que le Fils est mort oui – mais surtout : à cause de la façon dont il est mort.

Ce n'est pas un accident. C'est d'une sauvagerie inouïe, une mise en scène dont le Pays Arrière bruit déjà en long et en travers, Ambroisie-le-Fils attaché à un arbre en pleine lumière, exposé aux yeux de tous, ouvert de tout son torse avec les tripes qui dégueulent et le sang déjà noir qui macule son visage et son corps. Une provocation insensée, et tous les paysans qui apprennent la nouvelle se glacent d'effroi malgré le soulagement de savoir le Fils crevé. Jamais un maître n'a été exterminé de cette façon-là. Ils meurent à la guerre, en duel, à la chasse parfois, et parfois de maladie. Ils ne sont pas massacrés comme des loqueteux, ne sont pas saignés comme des porcs ; et sur ce point l'exécution ne laisse aucun doute, c'est l'œuvre d'un gueux. Les maîtres tuent presque avec élégance, sans cette hargne que l'on sent dans la béance des blessures. Hélas les maîtres – eux – vengent leurs morts.

Ainsi ont-ils trouvé le Fils à moitié ficelé à son arbre, et ils ont parcouru le Pays Arrière avec une rage folle. Le même jour, en longeant le Basilic au galop, les troupes s'arrêtent en remarquant une forme étrange au milieu du fleuve, prise dans un enchevêtrement de branches. Deux soldats sont envoyés dans l'eau. Ils reviennent en tirant par les rênes le corps du cheval gris d'Ambroisie-le-Fils qu'ils échouent sur la rive. La bête a la carotide tranchée. De son ventre gonflé, ils comprennent qu'il a été égorgé en même temps que son maître et que le Basilic aurait dû l'emmener aux confins du territoire, comme les troncs d'arbres jetés dans le courant, si des débris ne l'avaient pas coincé là. Et il y a quelque chose d'illogique à voir les précautions prises pour camoufler la mort du cheval alors que le cadavre du Fils a été jeté en pâture aux regards de tous, mais cela est balayé par le chagrin et la sidération puis l'explosion de colère d'Ambroisie-le-Père. Le temps d'une journée de vent glacial, le château frémit de haine.

Le troisième soir du gel donc, les soldats font irruption sur la place du village. Ils viennent après l'angélus, quand tous les hommes sont rentrés chez eux, quand les maisons les bloquent au fond des salles, et c'est cela qu'ils veulent : que personne n'en réchappe. Il n'y a pas d'avertissement et pas d'explication. D'ailleurs, à l'instant où les hommes en armes brisent les premières portes des chaumières pour s'y engouffrer, les paysans savent pourquoi ils viennent et ce qui va advenir. Cela n'empêche pas les cris, ceux des femmes et des enfants, ceux des hommes, au moment où les fils aînés sont traînés hors de chaque maison, les soldats prennent au hasard, le plus vieux des enfants attablés, ils les bousculent, les jettent sur la petite place au milieu du village. Et à La Foye comme dans les autres hameaux, sur ordre d'Ambroisie-le-Père, ils égorgent les fils. Pas de pitié et pas de salut, ils tailladent et leurs lames s'enfoncent dans les chairs. Ils vont vite, regardent à peine, parfois ils partent d'un grand éclat de rire, ce sont des guerriers, la mort ne les impressionne pas. Ils laissent un tas de corps barbouillés de sang, que leurs chevaux écumants écrasent lorsqu'ils les élancent à nouveau. Les villageois pétrifiés les voient détaler vers un autre village, d'autres premiers fils. Les cris des mères remplissent le ciel.

Aux Montées, les soldats encerclent les fermes, fracassent les portes, celle d'Eugène et celle de Léon. Ils estourbissent Eugène et Ambre, retournent les deux maisons trop vides. Penchés sur le débardeur avec leurs épées qui réclament – mais Eugène balbutie qu'ils sont morts, tous morts les autres, il ne reste personne, et les soldats cherchent encore avant de revenir à eux, ils frappent Eugène pour se venger de ces maisons sans fils, ils rossent fort, Eugène est étendu immobile sur le sol rouge, le galop des chevaux s'éloigne.

Plus tard, quand la nuit sera venue, Germain et Mayeul rentreront des champs. Ils ont vu les soldats qui couraient vers le village, ils les ont entendus gagner les Montées. Ils se sont cachés. Ils ne pouvaient rien faire. Ils ont eu honte.

Ambre se jette contre eux, les étreint, les serre, elle les croyait morts. La joie ne se dit pas, empêchée par la peur et la douleur, mais elle est là, palpable, aux cris de la mère qui n'est pas la mère, ils sanglotent ensemble. Les fils craignent que les soldats reviennent, non, dit Ambre, cette fois c'est fini. Tout cela, murmure Germain, à cause de nous – et Ambre met une main sur sa bouche, il ne faudra jamais répéter cela, jamais plus. Il faut l'oublier. Germain regarde son père, regarde les blessures, s'agenouille à ses côtés en silence. Eugène dit ça ira. Et puis il sourit.

Dans la nuit, ils entendent à nouveau du bruit dehors, leurs cœurs s'affolent. Ils se cachent, comme s'ils pouvaient disparaître à l'intérieur des murs, ils détournent leurs yeux pour ne pas voir si le malheur revient. Mais le bruit est régulier, paisible, insistant. Il s'arrête devant la ferme. C'est Mayeul qui le reconnaît le premier et il écarte les mains de son visage, bondit avant qu'Eugène effaré ait pu l'empêcher, le petit qui perd la tête et leur dit c'est lui, c'est lui, je le sais, je le connais, moi. Sous le regard épouvanté de ses parents et de Germain, Mayeul ouvre la porte. Jéricho est là.

Après avoir pendu au châtaignier le cadavre d'Ambroisie-le-Fils, Madelaine a libéré le grand cheval. Elle l'a tourné vers l'arrière, de là où ils venaient, et d'une claque sur la croupe elle a donné l'ordre du retour.

À la maison.

Madelaine se débarrasse de Jéricho. Parce qu'il sera trop visible dans sa fuite si elle doit se cacher pendant des semaines, parce qu'aux Montées ils en ont bien plus besoin qu'elle. Parce qu'il appartient à Eugène et qu'Eugène lui a dit de revenir dans dix années. Revenir le voir.

Et sa mère.

Alors il faut qu'ils soient là dans dix années et le cheval leur sera plus utile qu'à elle. Dans sa tête, Madelaine fait une marque qui trace le premier jour de ce temps immense qui la sépare d'eux. Elle regarde le chemin, et elle, au milieu. Un instant, elle est tentée de faire marche arrière, de rejoindre le grand cheval qu'elle a chassé. Mais d'un coup elle se tourne vers le sentier qui continue devant elle et s'engouffre comme on se sauve.

À l'aube, au moment où elle fait une pause pour chercher un abri où se terrer la journée, arrêtée sur un des méandres du Basilic, elle s'approche de l'eau, prend sa hachette. Dans les reflets incertains du fleuve, elle tranche ses cheveux, court, comme un garçon. Que ce soit bien clair pour tous : il n'y a pas de fragilité ici. Il n'y a pas de femelle. Elle ne cille pas quand les premières mèches tombent, puis les suivantes. Elle ne cille pas non plus lorsque ensuite elle observe son visage dans l'eau et qu'elle découvre ce très jeune garçon aux yeux bleus, ce garçon trop beau mais l'existence ne s'en trouve pas plus mal, il faudra s'habituer, elle rabat la capuche par-dessus sa tête à cause du courant d'air sur sa nuque et se glisse dans la cavité qu'elle a dénichée.

Le temps s'étire à en craquer. Cela semble impossible que la tragédie qui l'a jetée sur les chemins ne remonte qu'à la veille, cela fait des jours lui semble-t-il, des semaines, et les jours et les semaines à venir seront des années. Il y a cette distorsion de sa perception, le paradoxe entre la vivacité de sa mémoire avec le sang qui bouillonne encore en elle, et sa façon de regarder le drame avec une distance telle qu'il ne peut pas être d'hier, il a toujours existé – comme si Ambroisie-le-Fils avait toujours été mort et Madelaine observe dans sa tête l'étrange scène et son regard est vide. D'épuisement, elle dort tout le matin. C'est la longue marche de la nuit et surtout l'émotion. Elle se rappellera la désagréable sensation, au réveil, de n'avoir plus la force de se lever. Quelque chose la retient au sol, ferme ses paupières, la ramène dans les limbes, quelque chose de doux et d'exténué, et en retombant dans le sommeil elle se dira que cela n'a pas d'importance, seule la fatigue compte, elle s'y coule avec une béatitude effrayante. Elle espère dormir tout le reste de sa vie et que disparaissent les corps mutilés et pleins de sang, elle espère s'éveiller et rire parce qu'elle a rêvé et qu'il faut suivre Germain aux champs elle est en retard à présent, elle finit par reprendre conscience. Elle se souvient de tout et tout est affreusement vrai.

La journée la déroute dans son immobilité et son silence. Madelaine est habituée à travailler tant que la lumière le lui permet, son corps plié sous les outils et le poids de la terre, elle se sent souffler, suer, se redresser avec lenteur en appuyant ses mains sur ses reins, et là : pas bouger, pas parler. Ou alors si bas. Et seule. Juste la perplexité de dormir aux heures où elle s'époumone d'ordinaire, puis cette apathie forcée, le temps trop long, comme élastique. La nuit tarde à tomber, et avec elle sa liberté retrouvée, les mouvements qui la démangent, trop de choses tournent dans sa tête. Des choses chagrines, des questions qu'elle n'a jamais eu à se poser sur le lendemain et le jour suivant le lendemain, puis tous les autres, pour faire quoi, pour aller où ? Pour elle, pour eux les paysans, cela fait des générations que les familles sont ancrées au Pays Arrière, il est leur unique territoire. Ils y ont des racines profondes ; en parlant du village, ils disent *nous*. Nous tous. Nous autres. D'un coup, les repères s'effondrent, Madelaine a du vide dans les mains et dans la poitrine, là où cela pince, là où cela fait mal quand on touche. Si on lui demandait à ce moment-là ce qu'elle espère le plus au monde, elle répondrait : revenir. Rentrer à la maison. La maison contient le pays, lui donne un sens, la maison est le pays. Et à présent – l'exil.

Marcher pendant des nuits. À aucun moment Madelaine n'imagine le massacre qui a eu lieu au village, elle ne sait pas que les soldats ont accompli leur tâche, tué les premiers fils, ou ceux qu'ils trouvaient, personne ne demandera de comptes, et qu'ils ne la suivent pas. Elle ignore que sa fuite est vaine, sans chasseurs, sans chiens, sans rien. Elle pourrait s'arrêter là mais encore une fois elle ne le sait pas. Ainsi continue-t-elle longtemps sa route, bien après les gelées qui brûlent le printemps et la tiennent grelottante dans les ténèbres, bien après le redoux qui voit les paysans replanter à la hâte ce qu'ils ont trouvé de reste, bien après la saison de pluie qui les mouille tous, et ensuite seulement elle se dit qu'elle est assez loin, que là où elle se trouve on n'a jamais entendu parler des Ambroisie, et elle entre dans la plus grosse ferme pour louer ses bras et refaire chez d'autres ce qu'elle ne fera plus chez elle, plus avant dix années, elle reviendra pense-t-elle, elle le promet, et elle se met à rire.

DE LA MÊME AUTEURE :

Des nœuds d'acier, Denoël, 2013 ; Le Livre de Poche, 2014.

Un vent de cendres, Denoël, 2014 ; Le Livre de Poche, 2015.

Six fourmis blanches, Denoël, 2015 ; Le Livre de Poche, 2016.

Il reste la poussière, Denoël, 2016 ; Le Livre de Poche, 2017.

Les Larmes noires sur la terre, Denoël, 2017 ; Le Livre de Poche, 2018.

Juste après la vague, Denoël, 2018 ; Le Livre de Poche, 2019.

Animal, Denoël, 2019 ; Le Livre de Poche, 2020.

Et toujours les Forêts, Lattès, 2020 ; Le Livre de Poche, 2021.

Ces orages-là, Lattès, 2021 ; Le Livre de Poche, 2022.

On était des loups, Lattès, 2022 ; Le Livre de Poche, 2023.

PAPIER CERTIFIÉ

Le Livre de Poche s'engage pour l'environnement en réduisant l'empreinte carbone de ses livres. Celle de cet exemplaire est de :
150 g éq. CO_2
Rendez-vous sur
www.livredepoche-durable.fr

Composition réalisée par PCA

Achevé d'imprimer en novembre 2025 en Espagne par
Liberdúplex - 08791 Sant Llorenç d'Hortons
N° d'impression : 132860
Dépôt légal 1re publication : janvier 2026
LIBRAIRIE GÉNÉRALE FRANÇAISE
21, rue du Montparnasse – 75298 Paris Cedex 06
marketing@livredepoche.com

29/7858/4